Bibliothek der Kinderklassiker

David Copperfield

Charles Dickens

David Copperfield

Nacherzählt von
Dirk Walbrecker

Illustriert von
Doris Eisenburger

Annette Betz Verlag

Inhalt

Verwirrende Ereignisse 7

Ein neues Leben beginnt 12

Ich stehe auf eigenen Beinen 18

Tante Betsy und Mr. Dick 27

Uriah Heep 32

Ich werde sehr schnell erwachsen 38

Ich lebe in London! 44

Verliebt 50

Wo ist Emily? 55

Überraschungen 60

Viel, viel Neues 66

Hochzeit 72

Aufregungen 76

Die schrecklichen Ereignisse überschlagen sich 85

Zurück ins Leben 90

Verwirrende Ereignisse

Ich kann es vorwegschicken: Mein Leben war schon aufregend, bevor es überhaupt richtig begonnen hatte. Ich war noch im Bauch meiner lieben Mutter, als ein unerwarteter Besuch im *Krähennest* - so nannte man mein Geburtshaus - für Schrecken sorgte. Es war ein Freitag im März, an dem es, wie meistens im Westen von England, kräftig windete - da erschien ein seltsames Gesicht am Fenster des Wohnraums.

»Ich glaube«, flüsterte meine Mutter, »das ist Miß Trotwood.« Dabei legte sie beschützend ihre Hände auf die Stelle, an der ich nur noch wenige Stunden verbringen sollte.

»Sie meinen diese Miß Betsy, die Tante Ihres verstorbenen Gatten?« fragte Peggotty, die gute Seele des Hauses.

»Ja«, hauchte meine Mutter.

Wenig später stand eine ziemlich mürrisch wirkende Person im Zimmer. Mit argwöhnischem Blick beäugte sie zuerst die Einrichtung, dann Miß Peggotty und zuletzt meine verschüchterte Mama.

»Mrs. Copperfield!« sagte sie in herrischem Tonfall, »ich hoffe, Sie wissen, wen Sie vor sich haben! Ich würde gern erfahren, welchen Namen Ihr Mädchen tragen soll.«

»Ich weiß doch gar nicht, ob es ein Mädchen wird«, antwortete meine Mutter zitternd und einer Ohnmacht nahe.

»Es ist ein Mädchen!« erwiderte Miß Betsy und befahl der verstörten Miß Peggotty, meiner Mutter umgehend eine Tasse Tee zur Erfrischung zu servieren. »Im übrigen möchte ich Sie bitten, mir nicht zu widersprechen! Ich habe mich entschieden, die Patenschaft für das Mädchen zu übernehmen. Es soll Betsy Trotwood Copperfield heißen und wird bestens erzogen und behütet. Dafür werde ich Sorge tragen.«

Nach diesen Sätzen schien ich erst einmal genug zu haben von meiner zukünftigen Großtante. Ich gab zu verstehen, daß ich endgültig ans Licht dieser seltsamen Welt wollte und verursachte meiner Mutter dabei wohl einige sehr schmerzhafte Wehen. Jedenfalls schickte man schleunigst nach Doktor Chillip, der mir schon bald darauf ins Freie half.

»Ist das Mädchen wohlauf?« erkundigte sich Miß Betsy sogleich nach meinem Befinden.

»Es ist ein Junge«, belehrte sie Doktor Chillip mit Nachdruck.

Meine Tante nahm schweigend ihren Hut und machte Anstalten, dem guten Doktor Chillip für seine unverfrorene Auskunft damit eins überzuziehen. Im letzten Moment zog sie es aber vor, ihn aufzusetzen und entschlossenen Schrittes das *Krähennest* zu verlassen.

Für lange Zeit sollte dies der letzte Auftritt meiner Tante sein. Zu ihrer Ehrenrettung muß man allerdings erwähnen, welch bittere Erfahrungen sie schon damals hinter sich hatte: Ihr um einige Jahre jüngerer Ehemann hatte nicht nur eine beachtliche Summe ihres Besitzes verpraßt, sondern sie des öfteren verprügelt und sie, bevor er sich nach Indien absetzte, bei einem Streit um Geld fast aus dem Fenster geworfen. Diese Erlebnisse schienen nicht spurlos an meiner Tante vorübergegangen zu sein. Schließlich galt sie früher als die ehrenhafteste Person in der Familie meines Vaters.

Doch zurück zu den Personen, die mir in den nächsten Jahren helfen wollten, ein anständiger Junge zu werden: Da ist natürlich zuerst einmal meine Mutter, die bei meiner Geburt gerade zwanzig Jahre alt war und die wohl sehr darunter litt, ihren Mann und meinen Vater verloren zu haben, noch bevor wir eine richtige Familie waren.

Ich habe sie als eine ungewöhnlich hübsche, meist blasse und ungemein sanfte Person vor Augen, die - wenn sie sich überhaupt um mich kümmern durfte - sehr lieb zu mir war.

Ganz anders das zweite weibliche Wesen in unserem Haus, Miß Peggotty oder ganz einfach Peggotty, wie ich sie nenne. Meine erste Erinnerung an sie ist die an ihren Zeigefinger, der vom ständigen Nähen so rauh wie ein kleines Muskat-Reibeisen war. Dann sehe ich ihre tiefdunklen Augen, ihre roten drallen Wangen und Arme und fühle mich ziemlich derb von ihr gepackt und liebevoll an ihren fülligen Leib gepreßt. Dabei sehe ich jedesmal ein paar Knöpfe durchs Zimmer fliegen, die bei einer starken Körperbewegung hinten von ihrem Kleide abzuspringen pflegten.

Aus all dem Nebel, der meine frühe Kindheit ansonsten umgibt, taucht unser Haus auf mit einem Hinterhof, in dem es zwar ein Taubenhaus, aber keine Tauben gab. Dann ist da eine Hundehütte - allerdings ohne Hund. Dafür sehe ich einen bunten Hahn auf einem Pfahl sitzen und mich mit grimmigem Blick mustern. Irgendwo im Hof stolzieren ein paar Hühner, und vor der Seitentür watscheln einige Gänse mit ausgestrecktem Hals. Dann ist da ein langer Gang, der von Peggottys Küche zu einer dunklen Vorratskammer führt. Dort, wo sich zwischen Tonnen, Kisten und Krügen vielleicht eine unheimliche Gestalt verborgen hält, riecht es dumpfig nach Seife, Pfeffer, Kerzen, Kaffee und vielem mehr.

Viel wohler wird es mir gleich, wenn ich an die beiden Wohnzimmer denke - das eine für den Abend, wo ich aus einem Buch über Krokodile vorgelesen bekomme. Und das andere, in dem meine Mutter, Peggotty und ich nur am Sonntag sitzen. Oder ich gehe hinaus in den Garten, gucke zu den zerzausten und verlassenen Krähennestern hinauf. Dann gehe ich weiter zu einem hohen Zaun, wo meine Mutter von den üppig behangenen Sträuchern Beeren pflückt. Mit einem Mal kommt ein starker Wind auf, der Sommer ist vorbei, wir sitzen im Winterzwielicht oder tanzen vergnügt in der Stube herum.

Dieser und andere Winter verschwinden im Dunkel, ein neuer Sommer - mit Krokodilen und jungen Gänsen, aber wieder ohne Krähen - zieht auf. Vom Kleid der guten Peggotty sind schon Dutzende von Knöpfen abgesprungen und umgehend durch neue ersetzt worden. Meine Mutter ist jetzt noch schöner als früher. Und ich fühle mich manchmal schon wie ein richtig fertiger Mensch . . . da tauchen seichte schwarze Augen an unserem Gartenzaun auf. Ich höre eine tiefe Stimme und viele süßliche Worte und bin sehr mißtrauisch und schrecklich eifersüchtig. Ein gewisser Mr. Murdstone scharwenzelt immer öfter in der Nähe meiner Mutter herum, setzt mich einfach auf sein Pferd und erzählt mir Dinge, die mich überhaupt nicht interessieren. Ich will nicht höflich sein und mich schon gar nicht von diesem Fremden anfassen lassen.

Da, eines Tages, scheint die Rettung zu kommen: Peggotty schlägt mir eine Reise nach Yarmouth zu ihrem Bruder vor. Wir packen und steigen in eine Kutsche, und meine Amme scheint mindestens so froh wie ich, diesem Mr. Murdstone ein paar Wochen entfliehen zu können.

Die Wochen sind wie Jahre. Ich höre das Meer rauschen, den Wind pfeifen, fühle meine Füße im Dünensand versinken und betrete ein Boot. Kein gewöhnliches Boot auf dem Wasser, sondern eines mit einer richtigen Eingangstür und drinnen mit allem, was man für ein gemütliches Leben braucht.

Ich werde herzlich begrüßt, und die Menschen, die in dem Boothaus wohnen, reden in einer Art, wie ich sie von zu Hause nicht kenne. Plötzlich habe ich richtige Freunde: den an seiner Pfeife nuckelnden Mr. Peggotty, der mich seltsamerweise mit *Sir* anredet. Sein Neffe Ham, der mich **Master Davy** nennt, blondes lockiges Haar hat und gerne Karten legt. Die über alle Maßen höfliche Mrs. Gummidge, die uns gekochte Schollen, Kartoffeln mit geschmolzener Butter und mir ein Hammelkotelett extra serviert. Und - und jetzt bekomme ich fürchterliches Herzklopfen - Mr. Peggottys Nichte Emily, mit der ich auf einer alten Seemannskiste oder einem Fischerkorb sitze . . .

Ich verbringe eine wunderbare Zeit. Ich renne mit Emily am Strand entlang, und sie erzählt mir ganz vertraulich, daß sie keinen Vater mehr hat wie ich und daß auch ihre Mutter schon lange tot ist. Und dann erklärt sie mir etwas, über das ich mir bis dahin keine Gedanken gemacht habe:
»Dein Vater war ein vornehmer Mann, und deine Mutter ist eine feine Dame. Mein Vater war ein Fischer und meine Mutter die Tochter eines Fischers, und mein Onkel Dan ist auch nur ein Fischer.«
Ein bißchen begriff ich, was Emily mir damit klarmachen wollte. Meiner Liebe zu ihr aber tat dies keinen Abbruch.
Der Abschied von Yarmouth tat weh. Und die Ankunft im *Krähennest*?
Sie war voller Überraschungen: Als erstes wurde ich von einer mir unbekannten Magd begrüßt. Als nächstes hielt ich vergeblich nach meiner Mutter Ausschau. Und dann sagte Peggotty einen mehr als merkwürdigen Satz:
»Master Davy, du hast einen Papa bekommen!«
Ich weiß nicht mehr, wie ich auf diese Nachricht reagiert habe. Jedenfalls war von diesem Tag an mein Leben auf den Kopf gestellt. Es kam mir so vor, als ob man mir meine Mutter genommen hätte. Und damit nicht genug: Ich mußte auch mein geliebtes Zimmer räumen. In der Hundehütte saß plötzlich ein riesiger Hund, der mich jedesmal wütend anbellte, wenn ich aus dem Haus kam. Und zu alledem tauchte auch noch eine Person auf, die für mich der Gipfel an Häßlichkeit und Gemeinheit war: Miß Murdstone, die Schwester meines »Vaters«.
»Im allgemeinen kann ich Knaben nicht leiden«, beleidigte sie mich gleich zur Begrüßung und übernahm fortan die Macht im Haus.
Ich war verzweifelt, warf mich weinend auf mein Bett und suchte Trost bei Peggotty. Ich versuchte, Hilfe bei meiner Mutter zu finden . . . Doch entweder war sie mit Mr. Murdstone irgendwohin verschwunden oder sie wurde von dessen Schwester »bewacht«.
Und dann passierte das, was mich noch heute schmerzt:

Dieser Mann, der mein Vater sein wollte und meine Mutter wie seine kleine Tochter behandelte, schlug mir für nichts und wieder nichts mit einem Buch auf den Kopf!
»David«, sagte er mit zusammengepreßten Lippen, »wenn ich ein ungehorsames Pferd oder einen unfolgsamen Hund habe, was meinst du wohl, was ich mit ihm mache?«
»Das weiß ich nicht«, war meine Antwort.
»Ich prügle ihn, daß er sich krümmt und windet. Und wenn er das nicht begreift, dann tue ich es so lange, bis er es begreift.«
Ich . . . ich wollte nicht begreifen. Ich konnte nicht begreifen. Dieser Mann, der vorgab, meine Mutter sehr gern zu haben, wollte aus mir einen anderen Menschen machen. Kein Tag verging mehr, an dem ich nicht beschimpft und gequält wurde.
Ich mußte lernen und lernen. Und niemand fragte mich, warum ich irgendwas nicht so schnell verstand, wie es mein Ziehvater von mir forderte. Entweder quälte er mich höchstpersönlich mit mathematischen Aufgaben, bei denen es um mindestens fünftausend Doppel-Gloucester-Käse zu viereinhalb Pence das Stück ging. Oder er mahnte meine Mutter: »Clara, sei streng mit dem Knaben! Entweder er kann seine Aufgaben, oder . . .«
Und wenn solche Drohungen nichts fruchteten, so erschien Miß Murdstone und gab meiner Mutter gute Ratschläge: »Liebe Clara, es geht nichts über Arbeit. Gib deinem Knaben etwas auf!«
So verging ein halbes Jahr oder mehr, und ich wurde immer wütender und verstockter. Wären da nicht Robinson Crusoe, Tom Jones, Gil Blas, der Vikar von Wakefield, Don Quichotte und alle die anderen gewesen . . . ich weiß nicht, wie ich diese Quälereien hätte aushalten sollen.
Meine Mutter, von der ich mir eigentlich Hilfe erwartete, war seit ihrer Heirat noch schüchterner und hilfloser geworden. Und Peggotty, die früher viel zu sagen hatte in unserem Haus, konnte mir jetzt nur noch heimlich Trost spenden.
Und dann kam der Tag der Wahrheit:

Ich bekam wieder einmal Aufgaben gestellt, die ich beim besten Willen nicht lösen konnte. Die schwarzen Augen von Mr. Murdstone waren auf mich gerichtet. Der verächtliche Blick von Miß Murdstone ruhte auf mir. Und meine Mutter schien zu ahnen, welches Drama bevorstand – sie weinte.
»David«, sagte Mr. Murdstone mit seiner herrischen Stimme, »ich glaube, wir müssen mal nach oben gehen.« Kaum eine Minute später fühlte ich mich gepackt und festgehalten wie in einem Schraubstock. Ich hörte mich um Schonung flehen, und dann spürte ich einen Schlag, der so unendlich schmerzte, daß ich einfach nur zubiß . . .

Ein neues Leben beginnt

Ich beiße heute noch die Zähne zusammen, wenn ich an Mr. Murdstones Hand denke und die Schläge spüre, die meinen Rücken, meine Arme und mein Gesicht blutrot anschwellen ließen. Dann mußte ich büßen: Ich wurde eingesperrt. Ich wurde behandelt wie ein verwildertes Tier. Ich mußte fünf Tage darben und beten, und schließlich flüsterte mir die gute Peggotty durchs Schlüsselloch zu: »Du kommst in eine Schule!«

Die Abschiedsworte, die wenige Tage später meine Mutter mit verweinten Augen zu mir sprach, klingen mir noch heute in den Ohren: »O Davy! Daß du jemandem weh tun konntest, den ich liebe! Bemühe dich, besser zu werden. Bete zu Gott, damit er dich bessert.«

Und dann die Reise. Eine lange Reise . . .

Sie begann damit, daß mir der Kutscher, ein gewisser Mr. Barkis, einen wichtigen Auftrag gab, nachdem ich ihn von Peggottys Kuchen hatte probieren lassen: »Wenn Sie Miß Peggotty schreiben, bestellen Sie ihr, Mr. Barkis habe Lust.«

Ich verstand zwar nicht, was er damit meinte. Aber ich erfüllte später seinen Auftrag, und ich konnte nicht ahnen, welche Folgen dies einmal haben sollte . . .

Was ansonsten in den nächsten Tagen und Wochen über mich hereinbrach, kann ich hier nur zusammenfassen: Mit einem Mal spürte ich eine große Freiheit. Obwohl ich ein Kind war, fühlte ich mich nicht mehr wie ein solches. In einem Gasthof unterwegs trank ich mein erstes Maß Ale. In einem anderen Wirtshaus wurde ich bedient wie ein Herr und gab dem Kellner ein Trinkgeld.

Bald darauf London, diese Wahnsinnsriesenstadt London . . . und dann, dann war ich mit einem Mal wieder ganz klein!

Mr. Creakle, der Leiter von Salem House, dessen Frau und Tungay, eine Art Schuldiener mit Stiernacken und Holzbein, hießen mich nicht gerade willkommen.

»Dieses Schild mußt du auf Wunsch deines Vaters auf deinem Rücken tragen«, verkündete man mir, und die Folgen lassen sich erahnen:

»Er beißt! Er beißt!« hörte ich fortan, und es brauchte einige Zeit, bis ich mich nicht mehr wie ein räudiger Hund fühlte.

Glücklicherweise war ich kurz vor Ferienende eingetroffen. Meine Mitschüler und die Lehrer tauchten erst nach und nach auf, und so konnte ich mich langsam an sie gewöhnen ... an Mr. Mell, den Unterlehrer, und an Mr. Sharp, den Oberlehrer, und an all die Jungen, mit denen ich in Zukunft in einem Haus leben sollte.

Und dann kam er: großgewachsen, blondlockig, über alle Maßen selbstbewußt und stark ... Steerforth mit Namen.

»Wieviel Geld hast du dabei, Copperfield?« nahm er sich meiner an. »Ich schlage vor, du gibst mir alles in Verwahrung, okay?«

Er wartete gar nicht auf meine Antwort. Er nahm mir einfach alles ab. »Für Biskuits. Für Mandelkuchen. Und für eine Flasche Johannisbeerwein. Okay?«

Ich hatte sehr schnell gelernt, wer in Salem House die Befehle gab und wer gehorchen mußte: Ganz oben stand natürlich Mr. Creakle. Er nannte sich selbst einen Tartaren und zog nicht nur mich schmerzvoll am Ohr, sondern er schlug auf alles ein, was Widerspruch wagte. Dann, weit, weit unter ihm standen dieser Stiernacken Tungay und Mr. Sharp. Der eine wiederholte regelmäßig Mr. Creakles Befehle und war sein zweibeiniger bissiger Wachhund. Der andere war nur ein strenger und stets gehorsamer Befehlsempfänger, der aber immerhin am Tisch des Schulleiters speisen durfte.
Ganz anders Mr. Mell, der Hilfslehrer: Er stand tief unten auf der Rangleiter. Ich hatte gleich zu Anfang gemerkt, daß er mich mochte. Aber seine Zuneigung war viel weniger wert als die eines anderen. Steerforth war eigentlich derjenige, der gleich nach Mr. Creakle die geheimen Fäden in Salem House in der Hand hielt. Wer ihn als Freund und Beschützer hatte, konnte nicht untergehen in dieser Aufbewahrungsanstalt, die sich Schule nannte.
Und eines Tages hatte sich der große Blonde, der mir so gut wie noch keiner zuvor gefiel, an mich gewandt und verkündet:
»Kleiner Copperfield, ich will dich unter meinen Schutz nehmen.«

Dies war – das kann ich hier schon vorwegnehmen – der Anfang einer langen, langen Freundschaft. Sie sollte erst Jahre später auf eine ziemlich tragische Art und Weise zerbrechen ...

Wie groß die Macht von Steerforth in der Schule war, zeigte sich eines Tages, als Mr. Sharp seinen freien Tag hatte und Mr. Mell den Unterricht allein bestreiten mußte.

Es ging drüber und drunter. Und Mr. Mell hatte mich zu sich an die Tafel gerufen, um etwas zu erklären.

»Ruhe!« rief er nicht zum ersten Mal und schlug mit einem Buch kräftig auf sein Pult. »Auch Sie dahinten, Mr. Steerforth, bitte ich um Ruhe!«

»Selber ruhig!« scholl es durch den Klassenraum, und Steerforth kam gemessenen Schrittes nach vorne.

»Setzen Sie sich!« sagte Mr. Mell.

»Selber setzen!« erwiderte Steerforth und stellte sich vor den Lehrer.

Für einen Moment war es totenstill in der Klasse. Dann begannen einige zu kichern, und andere klatschten Beifall.

Mr. Mell war kreidebleich und starrte seinen dreisten Widersacher an: »Wenn Sie glauben, Steerforth, ich wüßte nicht, welche Macht Sie über Ihre Kameraden ausüben, dann haben Sie sich geirrt. Und wenn Sie glauben, Sie können einen Gentleman beleidigen ...«

»Einen was?« unterbrach ihn Steerforth. »Ich sehe keinen!«

»Pfui, Steerforth!« rief jetzt eine Stimme, und Steerforth war für einen Moment verunsichert. Es war Tommy Traddles, der diesen Ausruf gewagt hatte. Und seltsamerweise unterließ es Steerforth, seinen aufmüpfigen Kameraden zur Ordnung zu rufen. Statt dessen rückte er Mr. Mell noch mehr auf den Leib, und es war zu befürchten, daß die beiden jeden Moment aufeinander losgingen.

In diesem Augenblick aber öffnete sich die Tür: Mr. Creakle stand im Raum und in seiner Begleitung Tungay und Mrs. Creakle.

Schlagartig wurde es ruhig in der Klasse, und die schneidende Stimme des Schulleiters wandte sich an den verschreckten Unterlehrer: »Sie haben sich doch nicht etwa vergessen, Mell, oder?«

Bevor Mr. Mell die Situation in den Griff bekam, hatte statt seiner Steerforth das Wort ergriffen: »Mr. Mell betrachtet mich als Ihren Günstling, Mr. Creakle. Nicht zum ersten Mal hat er mich vor versammelter Klasse beleidigt.«

Hier nun geschah etwas, was mich mein ganzes Leben lang wundern wird: Nicht der Schüler wurde zum Schweigen gebracht, sondern der Lehrer. Mr. Mell wurde kurzerhand und fristlos von der Schule entlassen!

15

Ich könnte viel erzählen über das, was sich in der nächsten Zeit in der Schule tat: wie alle, bis auf Steerforth, gezüchtigt und gezähmt wurden. Wie Steerforth und Traddles um die Vormacht in der Klasse buhlten. Wie ich, obwohl ich der Jüngste war, immer weniger Probleme hatte, weil Steerforth mir den Rücken stärkte und auch Traddles mein Freund geworden war. Und wie ich Besuch aus Yarmouth bekam, mit Hummern, Krabben und Garnelen verwöhnt wurde und das Neueste über Emily erfuhr ...

Doch es gibt Wichtigeres zu berichten: Als endlich die Schulferien begannen, wurde ich von Mr. Barkis abgeholt und ins *Krähennest* kutschiert.

»Ihre Peggotty hat nicht geantwortet«, teilte er mir in vorwurfsvollem Tonfall mit. »Bestellen Sie ihr noch einmal, Barkis habe Lust.«

Doch bevor ich dazu kam, meiner geliebten Amme diese Botschaft zu übermitteln, wurde ich erst einmal von einer Neuigkeit überwältigt:

»Du hast ein Brüderchen bekommen!« verkündete mir meine Mutter.

Ich konnte nichts sagen. Ich war sprachlos.

Mama war noch blasser als sonst, und ich hatte das Gefühl, sie wäre mir gegenüber aus irgendeinem Grunde verlegen. Wäre da nicht Peggotty gewesen, die mir fast näher, jedenfalls vertrauter war als meine Mutter ... ich weiß nicht, wie ich mit dieser neuen Situation und den folgenden Ereignissen fertiggeworden wäre. Kaum nämlich wollte ich das kleine Bruderwesen zum ersten Mal auf dem Arm halten, stürzte Miß Murdstone wie eine Furie dazwischen, um mir den Kleinen zu entreißen.

Und dann folgten die Auftritte von Mr. Murdstone:
»Du bist von mürrischer Gemütsart, David!«
»David, du hast einen verstockten Charakter!«
»Wir müssen deinen Charakter ändern, David, und ich dulde nicht länger, daß du dich mit Dienstboten, sprich mit niedriger Gesellschaft abgibst!«
Ich war schwach. Ich war feige. Vergeblich hoffte ich auf Unterstützung von meiner Mutter. Sie war noch schwächer als ich, und mir kam es so vor, als ob sie schon damals aufgegeben hätte . . .
Obwohl ich nach diesen traurigen Ferien wieder mehrere Monate in Salem House verbrachte, knüpfte sich das folgende Ereignis nahtlos an das vorangegangene: Eines Tages wurde ich zu Mrs. Creakle, der Schulleitersgattin, gerufen. Sie hielt einen offenen Brief in der Hand, bat mich, auf dem Sofa Platz zu nehmen, und begann einen umständlichen Vortrag über die vielen überraschenden Veränderungen, die uns das Leben beschert.
»Deine Mutter ist gestorben«, kam sie irgendwann zur Sache. Und als ich sie fragte, ob in dem Brief etwas über mein Brüderchen stehe, da erfuhr ich das Unfaßliche: »Auch er ist tot.«
Ich verließ Salem House am nächsten Nachmittag und ahnte noch nicht, daß ich nie wieder zurückkehren sollte. Mr. Barkis fuhr mit mir nach Yarmouth, wo man mir Trauerkleidung verpaßte. Als wir schließlich im *Krähennest* eintrafen, waren die Läden geschlossen. Mr. Murdstone saß in einem Lehnstuhl am Kamin, weinte und nahm, wie seine Schwester, keinerlei Notiz von mir. Voller Verzweiflung flüchtete ich zu Peggotty . . .

Ich stehe auf eigenen Beinen

Hätte es damals nicht Yarmouth und das Boothaus mit all seinen lieben Menschen gegeben – ich weiß nicht, was aus mir geworden wäre und aus Peggotty. Wie aus dunklem Nebel höre ich die Totenglocke läuten. Wir stehen in einem Kreis um das Grab, und die Stimme des Geistlichen verkündet: »Ich bin die Auferstehung und das Leben, spricht der Herr.«

Das Grab ist zugeschüttet. Im *Krähennest* sehe ich den Wein in glänzenden Karaffen, erinnere mich an das Muster der Gläser und Teller, an den süßen Duft des Kuchens, an den Geruch von Miß Murdstones Kleid. Und Mr. Chillip kommt auf mich zu und fragt: »Wie befindet sich Master David?«
Ich vermag nicht zu antworten. Ich kann ihm nur die Hand reichen.

Ich beobachte die schwarzen, stechenden Augen von Mr. Murdstone und weiß: Er hat meine Mutter aus dem Leben gequält. Er hat ihr nie gestattet, frei und ungezwungen zu atmen und eine selbständige Person zu werden. Und falls er es gewagt hätte, so hätte umgehend seine ekelhafte Schwester eingegriffen ...
Dann der Schock: Miß Peggotty wird gekündigt!
»Ich denke, ich werde nach Yarmouth gehen«, sagt die, die meiner Mutter immer am nächsten gewesen war und eigentlich allen Grund zum Aufatmen hat ... Wenn man mir doch auch kündigen würde! denke ich. Immerhin darf ich Peggotty für zwei Wochen nach Yarmouth begleiten.

Es beginnt mit einer Überraschung: Mr. Barkis steht uns mit seiner Kutsche zur Verfügung, und er weiß die Gelegenheit zu nutzen. Er rückt Peggotty auf dem Kutschbock immer näher und näher ... und nach wenigen Tagen ist es soweit: Die gute, gar nicht mehr so junge Peggotty erhört die Bitten von Mr. Barkis und ist bereit, ihm das Jawort zu geben.
Aber auch ich wurde erhört: Ich gestehe der süßen Emily auf der selben Kutschenfahrt meine Liebe. Ich lege meinen Arm um ihre Taille, und ich bekomme die Erlaubnis, sie zu küssen. Danach werde ich ganz verwegen, verspreche, niemals eine andere zu lieben und das Blut jeder Person zu vergießen, die nach Emilys Liebe zu streben wagt.

Es war nur ein kurzer Hoffnungsschimmer, der mein Dasein in Yarmouth erhellte. Zurück im *Krähennest*, das nun von allem Leben verlassen schien, wurde ich zum einsamsten Menschen der Welt.

Man schlug mich nicht, man mißhandelte mich nicht, man ließ mich auch nicht hungern. Ich wurde nur ganz einfach vernachlässigt. Jede Schule – und sei sie noch so streng – wäre mir angenehmer gewesen als der Haß, den Mr. Murdstone über mich ergoß.

»Ich weiß nicht, was ich mit ihm machen soll«, sagte mein Stiefvater eines Tages zu einem gewissen Mr. Quinion, der zu Besuch kam. »Er ist ein schwieriger Fall.«

Der Fremde betrachtete mich sehr genau und ausführlich von oben bis unten und schien Gefallen an mir zu finden: »Den einen oder anderen Jungen könnte ich noch gebrauchen«, äußerte er undurchsichtig grinsend und ließ mich einen Tag rätseln, was damit gemeint war.

Am nächsten Morgen riefen mich Miß Murdstone und ihr Bruder zu sich und eröffneten mir, wie meine Zukunft aussehen werde:

»David, für die Jugend ist dies eine Welt der Tat und nicht eine zum Grübeln und Nichtstun. Du bist ein Mensch, der geduckt werden muß. Das geschieht am besten, indem du mit dem Leben ringst. In London gibt es den Murdstone & Grinby-Weinhandel. Mr. Quinion wird dich dort angemessen zu beschäftigen wissen. Du mußt da so viel verdienen, daß es für Essen, Trinken und Taschengeld reicht. Für Wäsche werden vorläufig wir sorgen und ebenso für eine Wohnung. Morgen wirst du abreisen.«

Ich wußte nicht, was mich erwartete. Ich hatte Angst vor der großen, fremden Stadt. Ich fürchtete mich vor der Einsamkeit. Aber schlimmer als in meinem verwaisten Elternhaus konnte es nicht werden ... Und so stand ich bald darauf vor einem riesigen, nicht gerade einladend wirkenden Gebäude. Hinter dessen Mauern wurden Tag für Tag unzählige Wein- und Branntweinflaschen gespült, gefüllt, verkorkt, mit Etiketten beklebt, versiegelt und in Kisten gepackt.

Wer mir zuvor erzählt hätte, mein weiteres Leben würde darin bestehen, in einem Wasserbottich Flasche für Flasche, eine nach der anderen, von morgens bis abends, zu reinigen ... ich weiß nicht. Ich kann nur sagen: Ich empfand es als Schmach.

Ich war bisher aufgewachsen und erzogen, um irgendwann so etwas wie ein gelehrter Mann zu werden. Nun plötzlich befand ich mich in Gesellschaft von ein paar Jungen, deren Väter Bootsführer, Feuerwehrmänner oder ähnliches waren, und die niemals daran gedacht hatten, aus sich und ihren Kindern etwas Besseres zu machen.

Ich war verzweifelt. Mir liefen die Tränen aus den Augen, sobald sich Mick Walker, mit dem ich zusammenarbeitete, von mir einmal abwandte.

Dann, zur Mittagszeit klopfte Mr. Quinion an das Fenster, durch das er uns ohne Unterlaß beobachtete. Er gab mir ein Zeichen, in sein Kontor zu kommen, wo eine zweite Gestalt aufgetaucht war.

»Das also ist Mr. Copperfield?« musterte mich der Unbekannte wenig später. Er war ungeheuer herausgeputzt, wenngleich seine Kleider eher schäbig und schon ziemlich abgetragen waren.

»Das ist Mr. Micawber«, stellte Mr. Quinion ihn vor.

Der wohlbeleibte Herr war mein zukünftiger Vermieter. Und er war zugleich einer der merkwürdigsten Menschen, die mir bisher begegnet waren: Er redete viel, gestenreich und umständlich. Er hatte, wie ich bald herausbekam, stets größte Pläne, aber immer nur kleinste Erfolge. Dabei war er ein gutgläubiger und zutiefst gutmütiger Mensch.
»Meine verehrte Gattin, unsere kleinen Zwillinge, unsere liebe Tochter, unser Herr Sohn und unsere Haushaltshilfe!« wurde mir bald darauf die ganze Micawber-Familie vorgestellt.
Hier nun sollte ich in einem Zimmerchen die nächste Zeit wohnen. Und was war das für eine Zeit!

Schon bald stellte sich heraus, daß die Micawbers über alle Ohren verschuldet waren. Mr. Micawber, der von Gelegenheitsaufträgen lebte und regelmäßig für die Vergrößerung der Familie sorgte, hatte sich mal wieder verspekuliert. Die Gläubiger kamen. Es wurde gepfändet. Und ich wurde unversehens von Mrs. Micawber in das ganze Debakel hineingezogen: »Master Copperfield«, beschwor sie mich, »Sie müssen uns retten! Mein Gatte macht einen Fehler nach dem anderen, trotzdem liebe ich ihn. Sechs Tee-, zwei Salzlöffel und eine Zuckerzange habe ich schon heimlich versetzt. Aber ein paar Kleinigkeiten können wir immer noch entbehren. Mr. Micawber darf es nie erfahren. Meine Familie blickt sowieso nur noch verächtlich auf ihn herab.«

Und dann begann ich das wenige, das noch von dem Micawber-Haushalt übrig geblieben war, zu den Pfandleihern zu tragen. Auf diese Weise lernte ich immerhin ziemlich schnell die Umgebung kennen, übte mich im Verhandeln um den letzten Penny und kam ganz nebenbei zu einigen interessanten Bekanntschaften.

Hätte man mir allerdings früher prophezeit, daß ich einmal von morgens in der Früh bis acht Uhr abends Dreckarbeit zu leisten hätte und abends meinen Vermieter im Schuldgefängnis besuchen würde, wo er inzwischen gelandet war – ich glaube, ich hätte einen Lachanfall bekommen . . .

Nun machte ich das Beste daraus. Und merkwürdigerweise ging es mir nicht einmal richtig schlecht dabei. Ich hatte immer gerade genug Geld, um meinen Magen zu verwöhnen. In der Mittagspause gönnte ich mir eine Zervelatwurst mit einem Pennybrot, eine Portion Tellerfleisch oder ein Käsebrot mit Bier. Wenn es knapper wurde, kaufte ich »Kuchen von gestern« zum halben Preis oder ließ mich überraschen, was die Micawbers aufzutischen hatten. Denn – so schlecht es ihnen ging – bis zuletzt zauberten sie immer noch ein köstliches Abendessen zusammen. Im übrigen tat ich zuweilen etwas, was mich zwar benommen werden ließ, wobei ich mich aber sehr erwachsen fühlte. Ich ging ins Bierhaus und bestellte mir ein Doppel-Ale vom Faß. Oder ich verlangte im Wirtshaus nach einem Glas Porter. Von Mr. Micawbers berühmtem Punsch einmal ganz zu schweigen . . .

So verging die Zeit, und die Erinnerung an mein früheres Zuhause war in weite Ferne gerückt.

Eines Tages teilte mir Mrs. Micawber mit, sie müsse nun mit den Kindern ins Schuldgefängnis ziehen. Und nach der Entlassung würden sie in die Provinz nach Plymouth gehen, um ein neues Leben zu beginnen. Der Abschied von diesen lieben Menschen fiel mir einigermaßen schwer. Aber er war zugleich für mich ein Anstoß, auch etwas Neues zu probieren.

23

Ich schrieb der guten Peggotty einen Brief und bat sie, mir eine halbe Guinee zu leihen. Außerdem erkundigte ich mich, ob sie den Aufenthaltsort von Betsy Trotwood kenne. Denn ob ich wollte oder nicht: Diese seltsame Tante, von der ich nur aus Erzählungen meiner Mutter wußte, kam mir immer wieder in den Kopf. Und so fürchterlich ihr Auftritt damals im *Krähennest* gewesen sein mochte – irgend etwas Faszinierendes mußte an dieser Frau sein! Ich bekam von Peggotty sowohl das Geld als auch die gewünschte Adresse, und damit stand mein Entschluß fest: Der letzte Faden, der mich an den Namen Murdstone fesselte, sollte durchrissen werden! Ich packte meine Habseligkeiten in einen Koffer, nahm heimlich Abschied von den Jungen im Weinhandel und machte mich aus dem Staub.

Doch welches Debakel gleich zu Beginn meiner Flucht! Ich fragte einen jungen Burschen, der durch Zufall meinen Weg mit seinem Eselskarren kreuzte, ob er mein Gepäck zur Landkutsche nach Dover transportieren könne.
»Abgemacht, für sechs Pence!« sagte der Bursche, lud den Koffer auf, nahm das Geld, gab dem Esel die Peitsche und polterte davon, als ob der Teufel persönlich hinter ihm her sei.
»Halt! Stopp! Nicht so schnell!« rief ich und konnte nur mit Mühe Schritt halten.
Und was geschah, als ich atemlos am Kutschenplatz eintraf? Der Typ sah, daß ich eine halbe Guinee hatte, schlug sie mir aus der Hand, fing sie geschickt auf, sprang wieder auf seinen Karren und war auf und davon ...

Schöne Aussichten! Mein Koffer war weg. Mein Geld war weg. Und meine gute Laune erst recht.
Zerknirscht machte ich mich zu Fuß auf den Weg nach Dover. Es begann zu dämmern, und ich überlegte umzukehren. Wie sollte ich ohne Geld bis zu meiner Tante kommen, von der ich nicht einmal wußte, ob sie mich überhaupt empfangen würde? Ich kam an einem Trödlerladen vorbei und tat das, was ich bei Micawbers gelernt hatte: Ich verkaufte meine Weste, kaufte mir für den Erlös ein Abendbrot und suchte mir auf freiem Feld einen Heuschober zum Übernachten. Er lag ganz in der Nähe von Salem House, und es war somit kein Wunder, daß ich von Steerforth träumte.
Am nächsten Tag ging es weiter, bis ich erneut ein Loch im Bauch hatte. Ich hatte, sage und schreibe, dreiundzwanzig Meilen zurückgelegt und war hundemüde. Ich kaufte mir ein Stück Brot und zählte den Rest meiner Habe: drei Pence.
Keine Ahnung, wie lange ich so unterwegs war. Jedenfalls war mir klar, daß ich das nächste Stück versetzen mußte. Obwohl schon die Abendkühle aufzog, beschloß ich, mich von meiner Jacke zu trennen. Ich kam gerade an einem unbeschreiblichen Laden vorbei, an dessen Tür ein unbeschreiblicher Mann auf sein nächstes Opfer wartete: Kaum hatte er mich in den Klauen, begann er zu feilschen. Am Ende hatte ich einen Schilling herausgehandelt, gerade genug, um die nächsten Tage das Kärgste zum Überleben zu haben. Wie ich es schlußendlich schaffte, verhungert, verdreckt und verzweifelt Dover zu erreichen – ich weiß es nicht.

Ich brauchte einige Zeit, bis ich das alte Backsteingebäude, in dem meine Tante leben sollte, gefunden hatte. Das erste, was mir dort auffiel, war der Kopf eines Mannes an einem der oberen Fenster, der mir freundlich zuzunicken schien. Und dann tauchte *sie* auf: Miß Betsy Trotwood, diese Person, von der ich so viel Merkwürdiges gehört hatte!
»Marsch, fort hier!« rief sie, kaum hatte sie mich am Gartentor entdeckt.
Mir schlug das Herz bis zum Hals. Ich wäre am liebsten stehenden Fußes umgekehrt. Irgend etwas jedoch hielt mich fest und gab mir den Mut, sie trotzdem anzusprechen: »Sie erlauben, Tante . . .«
Die Frau schrak zusammen und starrte mich an.
»Wenn Sie gestatten, Tante, ich bin Ihr Neffe.«
»O Gott!« war die Antwort, und sie saß auf dem Gartenweg.
Und ich? Mir kullerten nur noch die Tränen über die Wangen . . .

Tante Betsy und Mr. Dick

Keine Ahnung, wie lange meine seltsame Tante auf dem Boden saß und mich anstarrte. Irgendwann jedenfalls erhob sie sich wieder, packte mich am Kragen und schleppte mich ins Haus. Ich mußte mich aufs Sofa legen, bekam aus verschiedenen Flaschen irgendwelche Heilmittelchen eingeträufelt, und nachdem meine Tränen noch immer nicht versiegt waren, wurde der Mann gerufen, den ich schon von weitem kennengelernt hatte.

»Mr. Dick«, redete meine Tante mit ihm wie mit einem Kind, »seien Sie ausnahmsweise vernünftig und erinnern Sie sich. Dies hier ist David Copperfields Sohn. Ich habe Ihnen von ihm erzählt. Wie man unschwer sieht, ist er irgendwo abgehauen. Wäre er, wie ich es wollte, ein Mädchen geworden, wäre das nicht passiert!«

Mr. Dick musterte mich mit einem Blick, der nicht ganz aus dem Diesseits zu kommen schien.

»Was bitte soll ich mit ihm tun?« fragte meine Tante.

»Ich ... ich ...« sagte Mr. Dick mit dem Blick und der Stimme eines Kindes, »ich würde ihn waschen.«

Ich wurde gewaschen. Ich wurde geschrubbt. Ich wurde in ein Hemd und eine Hose von Mr. Dick gesteckt. Mir wurden eine Fleischbrühe und andere Köstlichkeiten serviert. Und dann landete ich wieder auf dem Sofa und versank in einen Tiefschlaf.

Als ich nach einer Ewigkeit erwachte, schien ich wie neu geboren. Mir war so, als ob meine Tante mir soeben die Haare aus dem Gesicht gestrichen hätte. Und ich meinte, die Worte »hübsches Kind« und »armes Kind« vernommen zu haben ...

Ob es Einbildung war oder nicht - es begann tatsächlich in neues Leben: Unversehens sah ich mich mit einem gebratenen Huhn, mit Pudding, Sherry und - ich konnte es kaum fassen - mit einem eigenen Zimmer verwöhnt.

Was für ein Wesen ist diese Betsy Trotwood? fragte ich mich nicht nur einmal in dieser Zeit. Was hatte mich ausgerechnet zu der Person gezogen, die damals statt meiner ein Mädchen haben wollte? Die überhaupt etwas gegen männliche Wesen und ... gegen Esel zu haben schien.

Jedesmal nämlich, wenn einer dieser bockigen Vierbeiner auch nur in die Nähe ihres Grundstücks kam, rief sie nach dem Dienstmädchen und stürmte bewaffnet nach draußen, um den Feind zu verjagen. Aber so streng und verbittert sie zuweilen wirkte, mich schien sie irgendwie zu lieben.

Eines Morgens jedenfalls - ich fühlte mich schon ganz heimisch in Dover - kam es zu einer merkwürdigen Szene: Als ich zum Frühstück hinunterging, saß meine Tante schon am gedeckten Tisch. Sie war so in Gedanken versunken, daß sie nicht einmal merkte, wie schief sie ihre Teetasse hielt: Mindestens die Hälfte des Inhalts hatte sie bereits über das feine Tischtuch gegossen. Und auch mein Erscheinen schien sie kaum in die Gegenwart zurückzuholen. Mit einem seltsam abwesenden Blick betrachtete sie mich von oben bis unten und ließ ihre Augen so lange und ausführlich auf mir ruhen, bis ich verlegen wegschauen mußte.

»Ich habe an ihn geschrieben«, sagte meine Tante. »Er soll umgehend hier erscheinen. Sonst bekommt er es mit mir zu tun!«

Sofort hatte ich den schwarzen Blick dieses Mannes vor Augen.

»Werde ich ... ihm wieder ... wieder ausgeliefert?« stotterte ich und begann zu zittern.

»Ich weiß es noch nicht«, erwiderte meine Tante. »Wir werden sehen.«

Ich muß nicht erzählen, welche Ängste ich in der nächsten Zeit ausstand. All die schrecklichen Erlebnisse im **Krähennest** waren mir wieder vor Augen: Die Gemeinheiten und Schläge, die ich erdulden mußte. Die herablassende Art, mit der man meine geliebte Peggotty behandelt hatte. Und dann vor allem meine verschüchterte Mutter, wie sie von dem, der sich ihr Ehemann nannte, erniedrigt und - ich kann es nicht anders sehen - in den Tod getrieben wurde.

Das Warten dauerte ewig. Zwar war dieser Mr. Dick, dessen Benehmen mich ein ums andere Mal wunderte, über alle Maßen freundlich zu mir. Aber meine Tante war einigermaßen reserviert und ließ mich immer noch in den viel zu großen und reichlich abgetragenen Kleidungsstücken ihres Mitbewohners herumlaufen.

Und dann ertönte er, der Alarmruf »Esel!«.
Irgend jemand schien mal wieder verbotenerweise in Betsy Trotwoods Garten eingedrungen zu sein. In Sekundenschnelle waren die Hausmädchen, Mr. Dick und meine Tante höchstpersönlich nach drau-

ßen geeilt, um die Feinde zu vertreiben. Und tatsächlich - als ich etwas verspätet ans Fenster kam, war der Kampf schon auf dem Höhepunkt ...
Ich wollte meinen Augen nicht trauen: Da vergriff sich meine Tante doch eigenhändig an einem jungen Eselstreiber. Und da raufte Janet, das Hausmädchen, mit einem Fremden um einen Esel, auf dem eine Dame ...
Mit einem Fremden? Mit einer Dame?
Mir stockte der Atem. Das waren Mr. und Miß Murdstone leibhaftig und genauso wütend, wie ich sie in Erinnerung hatte!
Es hätte nicht viel gefehlt, und meine Tante hätte die beiden vertrieben, bevor auch nur ein einziges normales Wort zwischen ihnen gefallen war. Im letzten Moment jedoch schien ihr klar zu werden, wer hier eingeritten war. Mit ein paar rüden Worten waren die Zaungäste vertrieben und kaum freundlicher wurden die Besucher ins Haus gebeten.
Ich hatte immer noch wahnsinniges Herzklopfen, und am liebsten hätte ich mich versteckt gehalten. Aber meine Tante rief mich nach unten, um dem Gespräch, das über mein Schicksal entscheiden sollte, beizuwohnen.
Wenn ich heute an diese Stunde zurückdenke, wird mir noch immer abwechselnd heiß und kalt. Selten in meinem Leben habe ich so gebangt und gezittert, und nie danach war ich einem Menschen so dankbar!

Ich kann es kurz machen: Meine Tante war wunderbar! Zunächst einmal entschuldigte sie sich für den unfreundlichen Empfang. Dann warf sie Mr. Murdstone vor, meine Mutter überhaupt geheiratet zu haben. Anschließend machte sie Miß Murdstone klar, daß sie nicht mehr die Jüngste und Attraktivste sei. Und bevor Mr. Murdstone seine Haßtiraden gegen mich loslassen konnte, bat sie Mr. Dick, als Zeuge an dem Gespräch teilzunehmen.
»Dieser Knabe, Miß Trotwood«, begann dann mein Stiefvater seine Anklage, »hat uns viel Ungemach und Leid bereitet. Er hat einen verstockten und widerborstigen Charakter. Dennoch haben sich meine Schwester und ich bemüht, seine Fehler zu verbessern. Vergeblich, wie man unschwer sieht!«
»Ich möchte bemerken«, unterbrach Miß Murdstone seinen Redefluß, »daß ich diesen Knaben für den schlechtesten auf dieser Welt halte.«
»Ich habe den Knaben«, fuhr Mr. Murdstone fort, »einem Freunde anvertraut, damit er endlich etwas fürs Leben lernt. Was tut dieser Bengel? Er haut ab, vagabundiert in der Welt herum und sitzt nun in diesem merkwürdigen Aufzug hier bei Ihnen.«
Ich sah, wie Tante Betsy kurz nach Fassung rang.
»Was haben Sie mit ihm vor, Mr. Murdstone?« fragte sie kurz, und ihr Blick sprach Bände.
»Ich bin hier, um den Knaben abzuholen. Ich werde ihn behandeln, wie ich es für richtig befinde. Sollten Sie allerdings die Absicht haben, Miß Trotwood, sich weiter um den Jungen zu kümmern ...«
Mir stockte der Atem.
»... dann stehe ich Ihnen nicht im Wege. Vorausgesetzt, es ist für immer und nicht mit irgendwelchen finanziellen Forderungen verbunden.«
Meine Tante hatte voller Anspannung der Rede meines Stiefvaters gelauscht. Nun wandte sie sich, ohne mit der Wimper zu zucken, an Miß Murdstone:
»Nun, Madame, haben Sie noch etwas hinzuzufügen?«
»Mein Bruder hat alles gesagt«, erwiderte die Frau.
»Dann verlassen Sie beide bitte umgehend mein Haus!«

29

So einfach war das!
Mr. und Miß Murdstone wurden einfach hinausgeschmissen, und ich war plötzlich ein freier Mensch. Unmöglich zu beschreiben, wie glücklich und dankbar ich damals war. Als erstes fiel ich meiner Tante um den Hals. Anschließend schüttelte ich Mr. Dick die Hand. Und dann mußte ich erst einmal draußen herumrennen und meine Freude laut in jede Himmelsrichtung rufen ...
Von nun an wurde alles anders. Zunächst verkündete mir Tante Betsy, daß sie mir einen neuen Namen zu geben wünsche:
»Fortan heißt du Trotwood Copperfield.«
Und damit dies auch deutlich und sichtbar wurde, ließ Tante Betsy in jedes der Kleidungstücke, die extra nur für mich geschneidert wurden, diesen Namen einnähen.
Eines Tages – ich hatte mich schon bestens an mein neues Leben gewöhnt – rief mich Tante Betsy zu sich:
»Trot, ich muß mit dir etwas besprechen!«
Sie schaute ernster als sonst und ließ lange den Blick auf mir ruhen, bevor sie weitersprach. Ich schwieg. Ich wartete und genoß es im stillen, daß meine Tante mich nicht wie ein Kind ansah, sondern wie einen erwachsenen Menschen.
»Wie denkst du über Mr. Dick?«
»Ich weiß nicht ... ich mag ihn irgendwie«, antwortete ich ausweichend.

»Hat er dir schon von seiner Denkschrift erzählt?« Ich nickte.
»Auch von König Karl dem Ersten?« fragte Tante Betsy und machte ein besorgtes Gesicht.
»Ja«, erwiderte ich, »er fängt immer davon an, aber ich kriege das irgendwie nicht zusammen.«
Tante Betsy lächelte: »Das wird dir auch nicht gelingen, Trot. Laß es dir aber nicht anmerken und sei weiter so freundlich zu ihm. Ich glaube, er mag dich sehr, und deine Gegenwart tut ihm gut.«
Meine Tante machte eine Pause. Dabei bekam ihr sonst so leidgeprüftes Gesicht sehr weiche Züge, und ich empfand eine tiefe Zuneigung zu ihr.
»Ich möchte dir ein Geheimnis verraten, Trotwood«, setzte Tante Betsy das Gespräch fort. »Mr. Dick heißt eigentlich Richard Babley und wurde von seinem Bruder, einem entfernten Verwandten von mir, vor vielen Jahren in ein Irrenhaus gesteckt. Ich habe ihn da rausgeholt und zu mir genommen. Wie du gemerkt hast, hat der Gute ein paar merkwürdige Eigenschaften. Er arbeitet, seitdem ich ihn kenne, an dieser Denkschrift für einen gewissen Lord. Auf etwas seltsame Weise mischt sich immer wieder König Karl der Erste in seine Arbeit, und dann muß er jedesmal von neuem beginnen. Ich lasse ihm seine Flausen und freue mich daran, daß er in meiner Nähe ist. Er ist das freundlichste und zugänglichste Geschöpf auf dieser Erde und zudem ein unersetzlicher Ratgeber. Wer einen solchen Menschen für irre hält, muß selbst nicht ganz in Ordnung sein. Verstehst du, was ich meine?«
Ich verstand. Ich hatte Mr. Dick schon bei unserem ersten Blickwechsel gemocht. Und nun wurde er ein richtiger Freund von mir. Häufig besuchte ich ihn in seinem Dachzimmer, wo er inmitten von Papierstapeln an seiner Denkschrift feilte.
»Ich glaube, ich habe jetzt einen Anfang«, vertraute er mir des öfteren an. »Aber jetzt gehen wir erst einmal auf die Klippen zum Drachensteigen.«
Stundenlang standen wir dann hoch über dem Meer und ließen einen Drachen fliegen, den Mr. Dick selbst gebaut hatte ...

Uriah Heep

Das Leben in Dover hätte noch ewig so weitergehen können. Doch eines Tages begannen auch für mich wieder die Pflichten.
»Mein lieber Trot, wir dürfen deine Erziehung nicht vergessen«, verkündete meine Tante. »Was hältst du davon, in Canterbury zur Schule zu gehen?«
Ich hatte nichts dagegen. Canterbury lag nicht weit von Dover entfernt. Und Mr. Dick versprach mir sofort, mich regelmäßig zu besuchen.
Schon am nächsten Tag waren wir unterwegs. Tante Betsy kutschierte uns höchstpersönlich in einem kleinen Ponywagen, und ich war sehr gespannt, was mich an meinem neuen Wohnort erwartete.
»Wir werden uns zunächst einmal Rat bei meinem Anwalt Mr. Wickfield holen«, erklärte mir meine Tante unterwegs, und wenig später hielten wir vor einem wunderschönen alten Haus.
Ist das etwa der Anwalt? schoß es mir durch den Kopf, als mich ein leichenhaftes Gesicht von oben bis unten musterte.
»Ist Mr. Wickfield zu Hause, Uriah Heep?« fragte meine Tante.
»Ja, Ma'am«, erwiderte der Gefragte und machte dabei Bewegungen, die ich bei einem Menschen noch nie gesehen hatte. Überhaupt hatte diese rotköpfige Gestalt ein Aussehen, das mich gruseln ließ: Seiner Stimme nach war er nicht einmal zwanzig. Da er aber kaum Augenbrauen und keine Wimpern hatte und ausgemergelt war wie ein Greis, wirkte er viel, viel älter. Als wir gleich darauf das Haus betraten, und Uriah Heep die Kutsche übernommen hatte, mochte ich meinen Augen nicht trauen: Diese seltsame Gestalt blies dem Pony in die Nüstern und bedeckte sie anschließend mit seiner Hand, so, als ob er einen Zauber über das Tier verhängen wolle.

Ich war froh, bald darauf im Haus zu sein. Und das, was in den nächsten Stunden stattfand, ließ mich das Schauderwesen erst einmal vergessen: Mit Herzklopfen saß ich in einem gemütlichen Raum, in dem sich zwei Personen befanden, zu denen ich von der ersten Sekunde an eine Nähe verspürte, die ich nicht erklären konnte.

Da war zunächst einmal dieser Mr. Wickfield, der meine Tante und mich mit warmer Stimme und aller Freundlichkeit begrüßte. Aber dann war da noch jemand ... ein weibliches Wesen ... ein schüchternes Mädchen, das ich nicht nur unbeschreiblich hübsch fand, sondern das ich - ich kann es nicht anders nennen - auf den ersten Blick liebte. Ihr Name war Agnes, und Mr. Wickfield, ihr Vater, bezeichnete sie als sein ein und alles. Daß sie wie ich keine Mutter mehr hatte, berührte mich zutiefst.

Was Mr. Wickfield und Tante Betsy in den nächsten Stunden besprachen, habe ich wie durch einen Schleier wahrgenommen. Ich weiß nur noch, wie es endete: Der Anwalt bot meiner Tante an, mich vorläufig bei sich aufzunehmen. Für die schulischen Dinge sollte ein gewisser Mr. Strong zuständig sein, dessen Name mich nicht gerade hoffnungsfroh stimmte. Aber mir war alles recht - Hauptsache, ich konnte in der Nähe dieses liebenswerten Mädchens bleiben.

»Sei nie ehrlos, unwahr oder grausam!« sagte mir meine Tante zum Abschied. »Meide diese drei Laster, Trot. Dann muß ich mir nie Sorgen um dich machen.« Mit diesen Worten umarmte sie mich hastig und verließ auffallend schnell den Raum.

Ein neuer Lebensabschnitt hatte begonnen. Was würde er mir bringen?

33

Zunächst einmal gab es Arbeit.
Gleich am nächsten Tag mußte ich zur Schule und lernte Dr. Strong kennen. Ich kann es nicht anders beschreiben – aber irgendwie kam mir dieser Mann rostig vor ... so als würde er jeden Moment auseinanderfallen. Seine Kleider waren nicht gut gebürstet, die Haare nicht richtig gekämmt, die Hose an den Knien nicht zugeschnallt, die langen Gamaschen aufgeknöpft ... von seinen ungepflegten Schuhen gar nicht zu sprechen. Daß dieser seltsame Herr mit einer blutjungen Frau verheiratet sein sollte ... ich konnte es kaum glauben.
Dr. Strong also stellte mich meiner neuen Klasse vor, und dabei passierte Merkwürdiges: Ich sah mir die Jungen, die alle mehr oder weniger in meinem Alter waren, an und fragte mich: »Was hast du, David Trotwood Copperfield, mit denen da zu tun?« Ich kam mir schlichtweg älter vor.
Gut – wenn ich den rostigen Mr. Strong ansah, dann merkte ich schon, daß ich noch ein Kind war. Aber tief innen fühlte ich mich schon viel erwachsener. Und wenn ich an die verrückten Erlebnisse der letzten Jahre dachte, dann war das auch kein Wunder. Ich konzentrierte mich, so gut ich konnte, auf den Unterricht. Sobald aber die Schule um drei Uhr zu Ende war, eilte ich in mein neues Zimmer und verbrachte dort den Nachmittag mit Hausaufgaben und ... mit Träumen. Ich malte mir aus, was Agnes wohl gerade machen würde. Ich dachte an Yarmouth, an Peggotty, die jetzt Mrs. Barkis hieß, an Emily, und dann wurde mir ganz schwindelig ...
Emily und Agnes ... o je!
Am Abend, so gegen sechs Uhr, bereitete ich mich auf das gemeinsame Essen im Salon der Wickfields vor. Meistens lief mir zuvor Uriah Heep über den Weg. Er hatte die Angewohnheit, mich jedesmal mit aller Unterwürfigkeit zu grüßen und mir dabei die Hand zu geben. Doch was für eine! Sie war kalt und feucht und mindestens so unangenehm wie sein Gesicht. Mir schauderte. Und sobald dieser Kerl um die Ecke verschwunden war, rieb ich mir meine Hand, um seine Berührung abzuwischen.

Wenn dann Mr. Wickfield und Agnes zum Essen erschienen, spielte Uriah Heep regelmäßig den Türsteher. Mit einer tiefen, schlangenartigen Bewegung verbeugte er sich vor seinem Vorgesetzten, beobachtete aber zugleich mit Argusaugen jede Bewegung und jeden Blick von Agnes und mir.
Dieser Kerl muß doch auch anderen zuwider sein! dachte ich jedesmal, traute mich aber nicht, darüber zu sprechen.
Mr. Wickfield kam mir sowieso – je öfter ich ihn sah – etwas merkwürdig vor. Er trank viel, wahrscheinlich zu viel, Wein. Jedenfalls machte er, außer er sprach mit seiner Tochter, nicht den wachesten Eindruck. Irgendwie brachte ich das mit Uriah Heep in Verbindung – ich weiß auch nicht, warum. Mir kam es so vor, diese Schaudergestalt würde den Vater von Agnes hypnotisieren oder ihn auf eine andere Art schwächen. Aber obwohl wir jeden Tag einige Zeit zusammen verbrachten, gelang es mir nicht, dahinterzukommen.

Meistens verliefen die Abende wie folgt: Nach dem Essen gingen Mr. Wickfield und Agnes hinauf ins Besuchszimmer, und ich durfte sie begleiten. Mr. Wickfield bediente sich dann reichlich aus der Karaffe, Agnes spielte etwas auf dem Klavier, und anschließend setzten sich die beiden zu einer Partie Domino. Danach hatte Agnes meistens Zeit für mich – für einen unbeschreiblich schüchternen David Copperfield!

Ich erinnere mich leider kaum noch an unsere Gespräche. Dafür sind mir die mit Uriah Heep um so deutlicher im Gedächtnis. Dieser Mann übte fast eine Art Zauber auf mich aus, und obwohl er so viel Abstoßendes an sich hatte, fühlte ich mich von ihm auf magische Weise angezogen.

Eines Abends sah ich ihn in seinem Arbeitszimmer über ein großes Buch gebeugt sitzen und lesen. Es bestand keinerlei Grund für mich, dieses Zimmer zu betreten – und trotzdem tat ich es. Uriah Heep beachtete mich zunächst nicht. Er las weiter, indem sein hagerer Zeigefinger Zeile für Zeile verfolgte und dabei eine feuchte Spur wie die von einer Schnecke hinterließ.

»Sie arbeiten heute sehr lange, Uriah«, hörte ich mich sprechen.

»Ja, Master Copperfield«, sagte Uriah Heep und zog seinen Mund zu einem Lächeln in die Breite. »Ich erweitere meine juristischen Kenntnisse, Master Copperfield.«

»Ich vermute, Sie sind ein recht tüchtiger Jurist, nicht wahr?«

»Ich? O nein, Master Copperfield! Ich bin eine sehr geringe Person, die geringste Person der Welt. Meine Mutter ist gleichfalls eine geringe Person. Und dennoch habe ich Grund zur Dankbarkeit, denn mein Vater war nicht mehr als ein Totengräber.«

»Sind Sie eigentlich schon lange bei Mr. Wickfield?« fragte ich, obwohl mir ganz unwohl dabei war.

»Fast vier Jahre«, bekam ich zur Antwort. »Ich bin Mr. Wickfield zu tiefstem Dank verpflichtet, denn ich werde von ihm einen Lehrbrief erhalten.«

»Und dann sind Sie ein richtiger Jurist?«

»So kann man es nennen.«

»Vielleicht werden Sie dann später einmal Kompagnon in Mr. Wickfields Kanzlei, und sie heißt dann ›Wickfield & Heep‹«, sagte ich und wunderte mich viel später, wie ich auf einen solchen Einfall kommen konnte.

Uriah Heep wies diesen Gedanken sofort weit von sich: »Nein, Master Copperfield, dazu bin ich viel zu gering. Aber ich verehre Mr. Wickfield. Und ich blicke in liebender Bewunderung zu seiner Tochter auf, was ich auch von Ihnen erhoffe.«

Ich weiß nicht mehr, was ich darauf geantwortet habe. Ich spüre nur noch seinen durchdringenden Blick. Und ich sehe ihn schlangenartig Hals und Körper bewegen und sich bedanken. Und dann geschah etwas, was mir heute noch ein Rätsel ist: Ich nahm eine Einladung in Uriah Heeps Wohnung an!

Mich gruselt noch heute. Ich sehe Uriahs Mutter, die wie sein Ebenbild aussah, nur um einiges älter, mich mit der gleichen Unterwürfigkeit grüßen und einen Satz sagen, der mir heute noch deutlich in den Ohren klingt:

»Verzeihen Sie, Master Copperfield, wenn ich meinen Sohn küsse, aber auch wir niedrigen Menschen haben Gefühle.«

Ich war reichlich verlegen. Ich wußte kaum etwas zu sagen – zumal Mrs. Heep und ihr Sohn nun abwechselnd in jedem zweiten Satz ihre Niedrigkeit bekundeten. Dazu servierten sie mir die auserlesensten Köstlichkeiten, fragten unentwegt, ob ich mich wohl fühle, und . . . quetschten mich aus wie eine überreife Frucht!

Ich merkte es erst, als ich wieder zu Hause war, und da war es zu spät: Die beiden hatten mich unglaublich geschickt über alles und jeden ausgefragt. Und ich hatte treu und brav geantwortet. Hatte freimütig über meine Familie, über Tante Betsys Leben und ihren Besitz gesprochen. Hatte mich zu Mr. Wickfields häufigem Trinken und sogar über meine Zuneigung für Agnes geäußert . . .

Und dann gab es eine Überraschung: Während wir mitten im Gespräch waren, klopfte es, und wer betrat den Raum? – Mr. Micawber!

Er war nicht weniger überrascht als ich und begrüßte mich wie seinen besten Freund. Er erzählte in einem ununterbrochenen Redeschwall, wie gut es seiner Familie gehe, daß die neuen Geschäfte in Plymouth ein Reinfall waren und er mal wieder den finanziellen Ruin vor Augen hatte. Wieso er mit Uriah Heep in Verbindung stand und was seine nächsten Pläne waren, blieb im dunkeln. Ich blickte nicht mehr durch.

Ich werde sehr schnell erwachsen

Das Leben ist voller Überraschungen. Und meines wohl besonders. Es gibt Lebensabschnitte, da vergeht die Zeit wie im Fluge, und Monate oder Jahre sind in der Erinnerung wie Tage.

Auf der Schule kam ich damals bestens voran. Ich hatte mich bald wieder an den Unterricht gewöhnt, und auch die Mitschüler waren mir einigermaßen vertraut geworden. Einen Freund wie den guten Traddles fand ich allerdings nicht. Und einen Beschützer wie den großen Steerforth ... den hatte ich nicht mehr nötig. Der rostige Mr. Strong hatte mich in sein Herz geschlossen und lud mich sogar zu sich nach Hause ein. Manchmal ging ich dann mit Agnes hin, die mit der blutjungen Mrs. Strong Freundschaft geschlossen hatte und sich wohl heimlich deren Ehesorgen anhörte.

Mit Tante Betsy stand ich hauptsächlich in brieflichem Kontakt. Ich hatte das Gefühl, daß sie mir möglichst viel Freiheit geben wollte, und es schien ihr zu genügen, wenn Mr. Dick als eine Art Vormund regelmäßig nach dem Rechten schaute. Er bastelte nach wie vor an seiner Denkschrift und schlug sich nebenbei mit anderen Problemen herum:

»Trotwood«, sprach er eines Tages zu mir, nachdem er sich vergewissert hatte, daß uns niemand belauschte. »Trotwood, bei unserem Haus hält sich ein Mann versteckt, der regelmäßig deine Tante verschreckt. Das erste Mal kam er, glaube ich, als König Karl der Erste hingerichtet wurde.«

Hier machte Mr. Dick eine längere Pause. Ich kannte das schon von anderen Gesprächen, in die sich der König einmischte. Meistens bekam Mr. Dick die Sache dann selber wieder in den Griff.

»Der Mann«, fuhr er fort, »war schon öfter da und läßt sich von deiner Tante Geld geben.«

»Ein Bettler vielleicht«, warf ich ein, aber Mr. Dick widersprach mir entschieden: »Kein Bettler, Sir! Kein Bettler! Deine Tante ist in Ohnmacht gefallen.«

Ich machte mir zunächst große Sorgen. Da es aber bei meinem nächsten Besuch Tante Betsy hervorragend ging und Mr. Dick nie wieder über diesen Vorfall sprach, vergaß ich die Sache ...

Warum? Ich sage es in einem Satz: David Trotwood Copperfield verliebte sich! Und er verliebte sich nicht nur einmal, nein, er taumelte sozusagen von einer Verliebtheit in die andere. Vergessen war die kleine Emily, und in den Hintergrunde getreten war Agnes. War sie es wirklich?

Wir werden sehen ...

Ich sagte schon: Diese Jahre in Canterbury vergingen wie im Rausch. Ich genoß es, immer selbstbewußter und stärker zu werden. Und eines Tages kam der große Einschnitt:

Die Schulausbildung war zu Ende, und ich hatte eine lange Unterredung mit meiner Tante. Sie schlug mir eine Reise nach London vor, schenkte mir eine größere Summe Geld, half mir, einen Koffer für meine Zukunft zu packen, und wünschte mir, ich möge bald wissen, welcher Beruf der richtige für mich sei. Ich nahm Abschied von Dr. Strong, von Mr. Wickfield, von Agnes und auch von Uriah Heep. Eine dunkle böse Ahnung lag über dieser Trennung. Und als ich endlich in der Kutsche nach London saß, machte ich mir viele Gedanken über Mr. Wickfields Schicksal ...

39

Es gibt Dinge im Leben, die kann man kaum beschreiben, die muß man eigentlich selber erfahren. Hätte mir damals jemand prophezeit, mein alter Freund und Beschützer James Steerforth würde wieder in mein Leben treten – ich hätte diesen »Jemand« höchst verwundert angeblickt.
Steerforth tat es, und das geschah so: Ich war in London angekommen, hatte mich in einem ziemlich noblen Gasthof eingemietet, spielte den Erwachsenen und ließ mich bedienen ... da tauchte er auf. Er hatte mich nicht gesehen oder nicht erkannt, und ich mußte ihn ansprechen. Mir schlug das Herz bis zum Halse, und ich muß einen hochroten Kopf bekommen haben – aber dann war alles ganz einfach.
Steerforth begrüßte mich überschwenglich wie einen echten Freund, nannte mich »Gänseblümchen« und lud mich auf der Stelle zu sich nach Hause ein.
»Darf ich bekanntmachen, geliebte Mama«, sagte mein inzwischen erwachsen gewordener Freund bald darauf, »dies ist mein junger Freund Davy aus Salem House.«
Eine gar nicht so alte, aber um so stolzere Dame begrüßte mich. Eine neben ihr sitzende, deutlich jüngere Gesellschafterin namens Rosa Dartle und

eine Art Diener mit Namen Littimer wurden mir vorgestellt. Kurzum: Ich war sehr bald kein Fremder mehr in diesem Haus, sondern so etwas wie ein Freund und Vertrauter.
Mrs. Steerforth hielt nicht enden wollende Lobreden auf ihren guten und erfolgreichen Sohn, der jetzt in Oxford studierte. Miß Dartle mußte ich meine ganze Lebensgeschichte und noch ein bißchen mehr erzählen, und Littimer – der wunderte sich über den plötzlichen Zuwachs im Hause Steerforth.
»Gänseblümchen«, verkündete mir Steerforth schon bald, »du kannst selbstverständlich hier übernach-

ten. Im übrigen mußt du mir dein ganzes Herz ausschütten.«
Es dauerte nur Stunden, und wir hatten unsere alte Freundschaft aufgefrischt. Und es brauchte nur Tage, und wir hatten sie mit allen möglichen neuen Aktivitäten bereichert: Ich bekam Reitstunden, lernte Fechten und nahm Boxunterricht bei meinem großen Vorbild. Er erzählte mir von seinen Lebenserfahrungen, er vertraute mir auch ganz intime Dinge an. Und nach kurzer Zeit stand fest: Steerforth hatte Lust, mich zu den Menschen zu begleiten, die mir sehr am Herzen lagen...

41

Als erstes besuchte ich Peggotty, meine liebe gute Amme. Es war ein Wiedersehen mit Freudentränen und einem Wermutstropfen: »Barkis hat im Augenblick keine Lust!« hörte ich von dem alten Kutscher. Er lag mit schwerem Rheuma im Bett, und Peggotty sorgte so liebevoll für ihn wie früher für mich und meine Mutter.

Und dann ging's zum Boot! Steerforth, der sich hier am Meer pudelwohl zu fühlen schien, begleitete mich. Ich hatte ihm von meiner ersten großen Liebe erzählt, und er war überaus neugierig, Emily persönlich kennenzulernen.

Doch welche Überraschung, gleich als wir in das Boothaus hineinplatzten: Ham, ausgerechnet der so scheue und bescheidene Ham, hielt zärtlich die Hand meiner ehemaligen Freundin!

»Genau heute haben sie sich die Ehe versprochen«, erzählte uns der alte Mr. Peggotty, nachdem er Steerforth und mich herzlich begrüßt hatte.

Emily schien die Situation peinlich zu sein. Sie übersah mich fast und blickte viel öfter meinen Freund Steerforth an...

Es war schon seltsam. Einerseits war mir alles so vertraut im Boot. Ich kannte die Gerüche. Ich sah die meisten Dinge an ihrem alten Platz – sogar die alte Seemannskiste, auf der ich mit Emily gesessen hatte! Ich war auch gleich wieder vertraut mit Mr. Peggotty, mit Ham und mit Mrs. Gummidge. Und trotzdem war etwas anders. Lag es an Steerforth' Begleitung? War ich eifersüchtig auf Ham? Oder hatte *ich* mich so verändert in den letzten Jahren?

Eines Nachmittags – wir waren schon fast zwei Wochen in Yarmouth – ging ich mit meinem Freund auf den Dünen spazieren. Wir hatten uns in den letzten Tagen kaum gesehen, weil Steerforth meistens allein unterwegs war. Zu meiner Verwunderung sagte er an diesem Tag Dinge, die ich nie aus seinem Munde erwartet hätte:

»Ich wünsche mir, Gänseblümchen, ich käme besser mit dem Leben zurecht. Hätte ich einen anderen Vater gehabt, wäre es für mich und für andere wahrlich leichter.«

Nach diesen rätselhaften Worten sprach er noch über Emily und ihre Familie und verblüffte mich dabei nicht weniger:

»Sie ist eine allerliebste kleine Schönheit, die wahrlich einen interessanteren Menschen verdient hätte als diesen Ham. Ich habe beschlossen, dem Boot, das ich gekauft habe, den Namen ›Kleine Emily‹ zu geben.«

Undurchschaubarer, rätselhafter Steerforth! Ich fühlte, wie ich ihm mehr denn je verfallen war und er, egal was er äußerte, einen großen Einfluß auf mich hatte.

In welch bunter und wunderlicher Welt mein Freund lebte, wurde mir gleich am nächsten Tag vorgeführt:

»Miß Mowcher wünscht Sie zu sehen, Sir!« kündigte Steerforth' Diener Littimer Besuch an.

In der nächsten Stunde wurde ich Zeuge eines Schauspiels, wie es einem nur selten im Leben geboten wird: Eine winzige Frau, einzigartig gekleidet und unglaublich redselig, betrat das Gasthofzimmer. Sie begrüßte Steerforth überschwenglich und zauberte mit flinker Hand eine Unzahl von Utensilien wie Fläschchen, Kämme, Bürsten, Salbendöschen, Schwämmchen, Läppchen und Brenneisen aus einem Strickbeutel.

»Nun, mein Goldsohn«, sagte sie vergnügt zu Steerforth, »hier haben Sie mich gewiß nicht erwartet, was? Aber die Welt und wir sind voller Humbug, Schwindeleien und Überraschungen, nicht wahr? Komm, mein Goldkind, laß dich verwöhnen und erzähle mir, was du in letzter Zeit getrieben hast!«

Ich wußte gar nicht, wo ich zuerst hinblicken sollte: Ehe ich mich versah, hatte die Zwergin begonnen, meinen Freund zu behandeln ... seine Koteletten, seine Locken, seine Gesichtshaut und seine Hände. Währenddessen ließ sie sich von Steerforth von seinem Studium, seiner Mutter, seinen Liebesaffairen, von Emily und von mir, vom Fischerleben des Mr. Peggotty und von den Leistungen Littimers erzählen, plapperte unentwegt dazwischen, hatte tausend verschiedene Koseworte für meinen Freund und wollte am Ende auch noch an mich heran ... Nein, danke!

Ich lebe in London!

Es gäbe noch viel Lustiges über den Auftritt von Miß Mowcher zu erzählen. Aber es geschahen in diesen Tagen Dinge, die mir noch seltsamer vorkamen. So zum Beispiel wurde ich Zeuge von zwei Szenen, die mich lange beschäftigen sollten: Steerforth und ich gingen abends am Strand spazieren, als wir Emily und Ham begegneten. Emily bekam einen roten Kopf, ich wurde ebenfalls verlegen, auch Steerforth war nicht so selbstsicher und locker wie sonst - nur Ham schien unbeschwert wie immer. Wir wechselten ein paar Worte, dann trennten wir uns. Steerforth und ich blickten dem Paar nach, wie es im Dämmerlicht des aufgehenden Mondes verschwand . . . da huschte, wie aus dem Nichts auftauchend, eine Gestalt an uns vorbei. Sie war nur leicht gekleidet, hatte etwas Geisterhaftes an sich und schien Emily und Ham zu verfolgen.

»Ein schwarzer Schatten, der dem Mädchen folgt«, sagte Steerforth in einem Tonfall, der mich erschreckte.

»Sollen wir nicht . . .« flüsterte ich, und Steerforth fiel mir gleich ins Wort: »Keine Sorge, Gänseblümchen, Emily weiß sich schon zu helfen.«

Steerforth sagte dies so entschieden, daß ich nicht zu widersprechen wagte. Aber am nächsten Tag tauchte die merkwürdige Gestalt erneut auf!

Ich war zum Haus von Peggotty gegangen, um mich von ihr und Mr. Barkis zu verabschieden. Da traf ich überraschenderweise auf Ham, der vor der Eingangstür auf und ab ging.

»Einen Augenblick, Mr. Davy«, hinderte er mich am Betreten des Hauses. »Emily und Martha Endell sind drinnen und haben etwas Wichtiges zu besprechen.«

Ich muß wohl reichlich verwirrt geguckt haben - jedenfalls fühlte sich Ham genötigt, mir eine Erklärung zu geben:

»Martha ist eine alte Freundin von Emily. Sie ist sehr arm und hier in Yarmouth so etwas wie eine Verstoßene. Seit einiger Zeit verfolgt sie Emily und bettelt sie um Geld an. Ich hab schon einiges herausgerückt. Aber jetzt wollen sie meine Tante und Mr. Barkis bitten, noch etwas draufzulegen, damit Martha nach London gehen kann.«

»Warum nach London?« fragte ich.

»Dort will sie ein neues Leben anfangen.«

Ich fragte nicht weiter. Ich verstand es, wenn jemand etwas Neues beginnen wollte. Trotzdem machte ich mir Sorgen . . . um Emily, um Ham . . . oder um alle dort in Yarmouth. Eine düstere Wolke schien über dem Boothaus zu schweben. Es beruhigte mich auch nicht, daß Steerforth noch eine Zeit in Yarmouth bleiben wollte, um sich »um meine ›Kleine Emily‹ zu kümmern«, wie er sagte. Das mit seinem Boot kam mir wie eine Ausrede vor, wie überhaupt sein ganzes Verhalten etwas Undurchschaubares bekommen hatte. So war ich letztendlich froh, von Yarmouth wegzukommen, um ein neues Kapitel in meinem Leben aufzuschlagen: David Copperfield beginnt mit einem Beruf!

Wenn ich selbst hätte wählen müssen . . . ich weiß nicht, ob ich mich je hätte entscheiden können. Statt dessen ließ ich mich von Tante Betsy und von meinem Freund Steerforth beraten. Und - ich konnte es kaum fassen - beide kamen auf die gleich Idee: Ich sollte so etwas Ähnliches wie ein Rechtsanwalt werden. Eine Art Beamter bei Gericht, der bei Prozessen Recht zu sprechen hat. Und ein gewisser Mr. Spenlow sollte für meine Ausbildung sorgen . . .

Es war ein wirklich besonderes Ereignis, als ich zusammen mit meiner Tante zum erstenmal im Büro von »Spenlow & Jorkins« war und meinem zukünftigen Vorgesetzten gegenüberstand. Er musterte

mich kritisch und begann sogleich mit einigen bedeutsamen Belehrungen über meine zukünftige Tätigkeit. Anschließend handelte er mit Tante Betsy das Lehrgeld aus: Immerhin ging es um eine Summe von tausend Pfund, die meine Tante zu zahlen hatte, damit ich am Ende eine anständige Ausbildung und einen Lehrbrief mit amtlichem Siegel bekam.

Hiermit nicht genug: Meine Verwandte, die einmal wütend mein Elternhaus verlassen hatte, weil ich mit dem falschen Geschlecht auf die Welt gekommen war, kümmerte sich auch rührend um eine Bleibe für mich. Sie hatte in der Zeitung eine Anzeige entdeckt, in der eine gewisse Mrs. Crupp eine kleine Wohnung für angehende Rechtsgelehrte anbot. Eine Wohnung, eine richtige Wohnung – noch dazu in der Buckingham Street!

Auch als Tante Betsy den Vertrag schon unterschrieben und die erste Monatsmiete bezahlt hatte, konnte ich mein Glück kaum fassen: Ich war plötzlich richtig selbständig und erwachsen und konnte tun und lassen, was ich wollte – fast jedenfalls.

Nun hieß es Abschied nehmen. Doch bevor meine Tante die Kutsche nach Dover bestieg, wurde ich Zeuge einer Szene, die mir richtiggehend Angst einjagte: Ich war mit Tante Betsy in der Stadt unterwegs, um noch einige Besorgungen zu machen. Plötzlich fiel mir auf, wie meine Tante ihre Schritte beschleunigte und ein ziemlich verängstigtes Gesicht machte. Sie blickte sich ein paarmal kurz um, ich tat das gleiche, und dann war mir klar, was der Grund ihrer Panik war: Wir wurden verfolgt! Ein älterer, ärmlich gekleideter Mann war uns auf den Fersen. Kam immer näher. Schien keinerlei Scheu zu haben und hatte es offensichtlich auf das Geld meiner Tante abgesehen.

Doch was tat Tante Betsy? Sie blieb zu meiner Überraschung stehen. Sie bat mich, mich für eine kurze Zeit zu entfernen und keinerlei Fragen zu stellen. Und dann geschah vor meinen Augen etwas, was ich erst viel später begreifen konnte: Tante Betsy gab diesem Menschen nach einem kurzen heftigen Wortwechsel freiwillig den Inhalt ihrer Börse!

45

Doch nun zu erfreulichen Dingen:
Ich war ein leibhaftiger Wohnungsbesitzer! Meine wenigen Habseligkeiten, vor allem Bücher und Kleidungsstücke, waren mit der Lastkutsche von Mr. Wickfield gekommen. Den Rest stellte Mrs. Crupp, meine Vermieterin, gegen Bezahlung zur Verfügung. Zudem kümmerte sich diese etwas seltsame Dame, die im Erdgeschoß wohnte, um meine Wäsche und ums Essen.
Ein Paradies! Hätte ich nicht regelmäßig in Mr. Spenlows Kanzlei sein und zu Hause noch viele Paragraphen und Unterparagraphen auswendig lernen müssen ... ich glaube, ich hätte abgehoben ...

Nach wenigen Tagen kam es mir vor, als lebte ich schon ewig in London. Nur die späten Abende, wenn ich im Bett lag, bereiteten mir Probleme. Irgendwie ging mir Gesellschaft ab. Und es war vor allem Agnes, nach der ich mich sehnte ...
Dann aber kam Abwechslung: Ganz unangemeldet erschien ein wohlvertrautes Gesicht ... James Steerforth! Ich war überglücklich, meinen Freund wiederzusehen. Und voller Stolz zeigte ich ihm meine Bleibe bis zum letzten Winkel.
»Eine herrliche Junggesellenbude, Gänseblümchen!« lobte Steerforth. »Fast zu schade für eine Person. Was hältst du von einem zünftigen Fest? Ich hätte

zwei Studienkollegen, die für jeden Spaß zu haben sind.«

Ich war begeistert. Ich begann sofort mit den Vorbereitungen. Ich kaufte reichlich zu essen ein, bat Mrs. Crupp um ihre Mithilfe beim Zubereiten der Speisen und widmete meine besondere Aufmerksamkeit der Besorgung von alkoholischen Getränken . . .

Was soll ich erzählen?

Das Fest wurde ein Riesenerfolg! Wir tafelten, wir schlemmten wie die Fürsten. Und wir tranken, wir soffen wie die Könige. Dazu gab es reichlich zu paffen, und wenn uns die Kondition auszugehen drohte, prosteten wir Steerforth zu, oder mein Freund hielt eine Lobrede auf mich, daß mir die Tränen kamen.

Es mußten schon etliche Flaschen geleert gewesen sein, als meine Vermieterin den Kopf zur Tür hereinsteckte und umgehend wieder zurückzog. Und es muß nach einigen weiteren Flaschen gewesen sein, als einer von uns auf die Schnapsidee kam, wir sollten gemeinsam ins Theater gehen . . .

Ich erinnere mich nur noch unklar an das Geschehen. Ich weiß noch, wie jemand die Treppen hinunterkollerte und ein anderer sagte, das sei Copperfield. Ich sehe mich im Straßennebel von Laterne zu Laterne wanken und irgendwann in ein Gebäude schwanken . . . um mich herum viele Leute, die offenbar zuviel getrunken hatten, so verschwommen sahen sie aus.

Dann spielte sich etwas ab, was ich nicht verstand. Unten auf der Bühne wurde irgendein dummes Zeug geredet. Irgendwo dudelte Musik. Und vor mir und hinter mir riefen merkwürdigerweise einige Leute immer wieder: »Ruhe auf den billigen Plätzen!«

Wieso ausgerechnet Agnes - jawohl Agnes! - eine Reihe vor mir auftauchte . . . keine Ahnung. Sie sah mich an und schien mich nicht richtig zu erkennen. Und mir ging es genauso . . .

Gute Nacht!

Ich weiß nicht, wie ich nach Hause kam, wie ins Bett und wann wieder heraus. Mir ist nur noch mein Brummschädel in Erinnerung, der kalte Zigarrenrauch und die Weigerung von Mrs. Crupp, meine Wohnung je wieder zu betreten, falls ich nicht auf der Stelle die Spuren des Gelages entfernen würde. Und dann die Überraschung mitten in die Katerstimmung hinein: Ein Dienstmann erscheint. Bringt einen Brief. Erwartet eine umgehende Antwort! O Schreck laß nach: Agnes ist tatsächlich in London, wünscht mich umgehend zu sehen und zu sprechen.

Mir wird schon wieder schlecht. Ich antworte sogleich und begebe mich bald darauf zu einem Treffen, das peinlicher und folgenreicher nicht sein konnte . . .

Agnes empfängt mich freundlich, und trotzdem bin ich verlegen wie nie: »Verzeih mir, Agnes!« begrüße ich sie. »Die Freude über mein neues Leben hier –« »Du lebst in schlechter Gesellschaft«, unterbricht sie mich. »Dieser James Steerforth ist dein böser Engel.« Ich widerspreche. Ich verteidige meinen Freund. Ich will, daß Agnes nicht schlecht über mich denkt. Aber ich spüre: Sie ist stärker als ich. Ich kann sie nicht überzeugen. Ich muß das Thema wechseln: »Wieso bist du in London? Was machst du hier in diesem Haus?« frage ich sie.

»Der Besitzer ist ein Geschäftsfreund meines Vaters«, erklärt sie mir. »Ich muß mich um wichtige Angelegenheiten kümmern.« Und dann verblüfft sie mich mit der Frage: »Hast du Uriah Heep gesehen?«

Ich verneine und bekomme eine Neuigkeit serviert, die mich schockiert: »Er verkehrt regelmäßig hier im Hause. Sein Einfluß auf Vater ist immer größer geworden. Er hat all seine Schwächen erkannt und nutzt sie schonungslos aus.«

»Aber du . . . wir . . .«

»Es gibt kein Aber, Trotwood«, läßt mich Agnes gar nicht richtig zu Wort kommen. »Das Schicksal will es so, und ich bitte dich, freundlich zu Uriah zu sein. Mehr kannst du nicht tun.«

Ich möchte widersprechen. Ich will Agnes klarmachen, wie sehr mir ihr Vater, wie sehr mir vor allem sie am Herzen liegt. Aber Agnes bittet mich zu schweigen und lädt mich zu einem Empfang ihres Gastgebers ein.

David Trotwood Copperfield gehorcht, obwohl er noch viel zu sagen hätte. Er beugt sich einer jungen Frau, die selbstbewußter und reifer ist als er und die ihm mindestens soviel bedeutet wie eine Schwester.

Ich kann kaum den nächsten Tag erwarten. In meinem Kopf und meinem Herzen herrscht ein Wirrwarr von Gedanken und Gefühlen. Und ich will die Gelegenheit nutzen, viele Dinge mit Agnes zu besprechen. Doch dann kommt alles anders: Eine Unzahl von Gästen ist geladen. Höflichkeiten und leere Worte werden ausgetauscht, und bevor ich meine eigene Sprache finde, ist *er* da: Uriah Heep!

Er nimmt mich in Beschlag. Er umschwänzelt mich. Er tut so, als ob ich ein guter Freund von ihm sei. Wieder einmal habe ich das Gefühl, diesem heuchlerischen Wesen ausgeliefert zu sein . . .

Für einen kurzen Moment werde ich aus seinem Bann gerissen. Der Gastgeber kündigt einen Gast an, dessen Name mich an alte Zeiten erinnert: Tommy Traddles. Er ist es tatsächlich! Er erkennt mich sofort, und wir begrüßen uns so, als ob wir damals in Salem House die engsten Freunde gewesen wären, als ob es keinen James Steerforth gegeben hätte . . . Kaum jedoch haben wir unsere Karten und ein paar Neuigkeiten ausgetauscht, mischt sich Uriah Heep in unser Gespräch:

»Master Copperfield, mir ist zu Ohren gekommen, daß Sie sich in London niedergelassen haben. Es ist doch gewiß Ihre Absicht, meine Wenigkeit zu einem kurzen Gegenbesuch einzuladen, oder?«

Alles sträubt sich in mir. Es ekelt mich. Aber ich sage »ja« und lasse mich von diesem Scheusal nach Hause begleiten.

Ich serviere ihm Kaffee, höre mir seine Unterwürfigkeiten und Lobhudeleien an und traue schließlich meinen Ohren nicht: Uriah Heep erinnert mich an meine eigenen Worte, erzählt mir, wie er auf dem besten Wege sei, aus der »Firma Wickfield« eine »Firma Wickfield & Heep« zu machen.

Nun ist endgültig der Zeitpunkt gekommen, diese züngelnde Schlange hinauszuwerfen. Aber wieder bin ich durch Feigheit gelähmt, lasse mich von seinen Erzählungen einlullen und erfahre schließlich das Übelste: Uriah Heep verehrt Agnes. Uriah Heep, der ach so geringe Heep, hegt Liebesgefühle für die Tochter seines Vorgesetzen. Und – er kündigt mir an, daß er sich der Erwiderung seiner Gefühle sicher sei! Was soll ich tun? Soll ich das Schüreisen aus den rotglühenden Kohlen nehmen und ihm in den Leib rennen?

Ich tue nichts. Ich lasse diesen Teufel sogar in meiner Wohnung schlafen und werde in der Nacht von Alpträumen gepeinigt, wie sie schlimmer nicht sein können . . .

Verliebt

Es dauerte lange, bis ich die schmachvolle Begegnung mit Uriah Heep einigermaßen verkraftet hatte. Ich schmiedete Pläne, wie ich Mr. Wickfield warnen könnte. Ich versuchte noch einmal, mit Agnes zu sprechen, mußte aber miterleben, wie sie gemeinsam mit Uriah Heep eine Kutsche bestieg, um nach Canterbury zurückzukehren.
Was sollte ich tun?
Ich stürzte mich in den Alltag und in die Arbeit, um mich von den Sorgen zu befreien. Mr. Spenlow, meinem Chef, schien das zu gefallen. Er lobte mich, und eines Tages lud er mich sogar übers Wochenende in sein Landhaus nach Norwood ein.
Ein folgenreicher Besuch! Ein Besuch, der mein ganzes Leben auf den Kopf stellte: Kaum nämlich hatte ich das Haus betreten, tritt ein Engel auf.
»Darf ich Ihnen meine Tochter Dora vorstellen?«
Ich bin wie geblendet: Welch eine Gestalt! Was für Augen! Was für ein wunderbares Wesen!
Die nächsten Stunden sind wie ein Rausch. Ich kann

meinen Blick nicht von dieser Person wenden und spüre genau, daß es nicht nur mich erwischt hat ...
»Darf ich Ihnen auch die Freundin meiner Tochter vorstellen?« höre ich Mr. Spenlows Stimme von fern, sehr fern.
Mich trifft der Schlag: Vor mir steht Miß Murdstone! Die Frau, die mir einige Jahre meines Lebens zur Hölle gemacht hat und die außerdem die Mitschuld am Unglück meiner Mutter trägt!
Sie mustert mich, sie prüft mich und dann erkennt sie mich. Wir sind den anderen eine Erklärung schuldig. Und dann habe ich nur ein Bedürfnis: dieser Frau aus dem Weg zu gehen.
Aber ich bemühe mich vergeblich. Wo immer ich die Nähe zu Dora suche, ist auch Miß Murdstone ... folgt uns auf Schritt und Tritt und läßt uns kaum Gelegenheit, das zu sagen, was uns auf den Lippen brennt.
Und damit nicht genug: Es gibt noch jemanden, der mich mißtrauisch beäugt und keinen Hehl aus seiner Eifersucht macht: Jip, das unbeschreiblich verzogene Hündchen von Dora!
Ich fasse mich kurz: Als ich am folgenden Montag zurück in London war, fühlte ich mich wie neu geboren, wie in ein anderes Leben versetzt. Kein Wunder, daß Mrs. Crupp ihren Mund nicht halten konnte, kaum daß ich ihr unter die Augen kam:
»Der junge Herr hat sich wohl verliebt, hm!«
Jawohl! Ich konnte und wollte es nicht verbergen. Ich schrieb es sogar umgehend an Agnes, und ich hatte nichts Besseres zu tun, als mich von Kopf bis Fuß neu einzukleiden ...

Mit dem Studieren war es nun erst einmal vorbei. Mehr schlecht als recht brachte ich die Stunden bei »Spenlow & Jorkins« hinter mich. Am Abend hielt mich nichts mehr am Schreibtisch. Ich mußte mich ablenken und kam auf die Idee, Traddles zu besuchen. Ich nahm seine Visitenkarte und machte mich auf den Weg. Dabei landete ich – das war nicht zu übersehen – in einem nicht gerade noblen Viertel. Die Straße war übersät mit altem Hausrat, Lumpen, Kohlblättern und ähnlichem, und das Haus war auch nicht das feinste. Von dem Zimmer, in dem mein alter Schulfreund hauste, einmal ganz zu schweigen … Doch was macht all das Äußere, wenn die Wiedersehensfreude groß ist? Traddles und ich verstanden uns sofort prächtig, und wir hatten keine Geheimnisse voreinander. Traddles erzählte mir von seiner großen Liebe und seiner Advokaten-Ausbildung, und ich ließ ihn gleichfalls teilhaben an meinem jungen Glück …
Wir erinnerten uns an alte Schulzeiten und hätten

noch Tage so weitergeplaudert, wenn nicht plötzlich ein Name gefallen wäre, der mir wohlvertraut war: Micawber!

Ich weiß nicht, wie ich es nennen soll . . . Zufall oder Fügung? Jedenfalls hatte das Schicksal mal wieder Menschen zusammengeführt, die mir aus ganz verschiedenen Zeiten vertraut waren. Daß ich allerdings Familie Micawber ausgerechnet bei Traddles und in dieser Gegend wiedertreffen würde . . . unfaßlich! Und damit nicht genug: Sie lebten nicht nur in einem Haus zusammen - der gutgläubige Traddles hatte sich auch noch auf mehr eingelassen. Mr. Micawber - wie konnte es anders sein? - hatte sich wieder mal verspekuliert, seine Frau war schon wieder schwanger, die Familie war kurz vor dem Ruin. Mr. Micawber stand erneut mit eineinhalb Beinen im Schuldgefängnis, und der letzte Schritt war gerade noch verhindert worden, indem Traddles, der selber nichts besaß, einen Wechsel für seinen neuen Freund unterschrieben hatte . . .

Kaum hatte ich diese Neuigkeit erfahren, klopfte es, und Mr. Micawber stand höchstpersönlich im Türrahmen! Es dauerte eine Weile, bis er begriffen hatte, wer da vor ihm saß. Aber dann war die Freude groß. Und mit Begeisterung nahm er den Vorschlag an, mich gleich am nächsten Tag zusammen mit seiner Frau und Traddles in meiner Wohnung zu besuchen. Was für ein Tag!

Ich hatte mich kräftig in Unkosten gestürzt, weil ich wußte, daß Mr. Micawber ein Feinschmecker war. Vor allem hatte ich alle Zutaten besorgt, damit der Gute seinen berühmten Punsch zubereiten konnte. Als Vorspeise gab es Geschichten aus der Vergangenheit, speziell gewürzt mit den neuesten Plänen der Micawbers. Denn obwohl der stolze Familienvater bisher mit jedem seiner Geschäfte gründlich auf die Nase gefallen war, gab er es nie auf, neue Luftschlösser zu bauen. Als Nachspeise schließlich servierten Traddles und ich unsere neuesten Liebesgeschichten - genügend Anlaß, kräftig anzustoßen auf das Leben, die liebe Weiblichkeit und die Zukunftspläne der Micawbers.

Der Tag wäre auf diese Weise friedlich und fröhlich zu Ende gegangen, wenn nicht plötzlich jemand hereingeplatzt wäre, den ich am allerwenigsten erwartet hätte: Littimer, der Diener von Steerforth.

»Ist mein Herr nicht hier?« fragte er, einigermaßen verwirrt über das Gelage.

Als ich verneinte, war der Eindringling auch schon wieder verschwunden und mit ihm die gute Stimmung. Vor allem Traddles schien keine Freude daran zu haben, daß ich Umgang mit dem pflegte, der in Salem House sein Nebenbuhler gewesen war. Er verabschiedete sich alsbald recht kühl - die angedudelten Micawbers im Schlepptau.

Meine Gäste waren kaum eine Minute verschwunden, da hörte ich schon wieder Schritte im Treppenhaus. Und wer platzte herein? James Steerforth höchstpersönlich!

»Hallo, Gänseblümchen, wie geht es dir?« begrüßte er mich in alter Überschwenglichkeit. »Ich bin gekommen, um dich zu mir und meiner Mutter einzuladen. Ich habe dir viel zu erzählen.«

Irgend etwas ist seltsam. Irgend etwas hat sich verändert! ging es mir durch den Kopf, nachdem ich die Einladung angenommen hatte und Steerforth gleich darauf wieder verschwunden war.

Mein Gefühl sollte mich nicht trügen.

Am nächsten Tag bat ich Mr. Spenlow um einige Tage Urlaub, und am übernächsten schon reiste ich mit der Kutsche zu einem denkwürdigen Treffen mit Steerforth nach Highgate.

Es ist völlig überflüssig zu erzählen, wie freundlich mich Steerforth' Mutter empfing und mit wieviel Stolz und Liebe sie mir das Neueste von ihrem Sohn berichtete.

Ich hatte sofort das Gefühl, sie belüge nicht nur mich, sondern vor allem sich selbst. Und als ich die nächsten Stunden mit dem Menschen verbrachte, den ich immer als meinen besten Freund angesehen hatte - ja, den ich bewundert und angehimmelt hatte, spürte ich: Es ist etwas zwischen uns getreten, was ich nicht benennen kann und was Steerforth nicht benennen will . . .

Noch heute ist mir das Bild in lebendiger Erinnerung, wie ich im Morgengrauen aus dem Hause Steerforth floh und einen letzten Blick auf meinen Freund warf:
Er lag im Tiefschlaf und merkte nicht, wie ich mich für immer von ihm verabschiedete.
Ich habe auch noch den Klang seiner Rede im Ohr, mit der er mich am Vorabend schockiert hatte: »Wenn man etwas erreichen will, muß man nur das Ziel vor Augen haben, rücksichtslos gegen alles und jeden!«
Dazu hatte Steerforth ein Gesicht gemacht, das mir Angst einjagte ... richtige Angst!
Was war nur geschehen?
Was ließ mich plötzlich so unruhig sein und die Flucht ergreifen?
Vielleicht ist es die Liebe, David, die dich so verändert hat! sagte ich mir. Vielleicht ist in deinem Herzen nur Platz für eine Person, und von nun an hat Dora Steerforth verdrängt.
Du bist verrückt, Trotwood! sagte ich mir dann. Was hat die Freundschaft mit Steerforth mit der Liebe zu Dora zu tun?
Natürlich fielen mir auch wieder die Worte von Agnes ein: »James Steerforth ist dein böser Engel, Trotwood.«
Wieso sollte ausgerechnet Agnes über Steerforth urteilen können? Sie kannte ihn kaum, und sie war wahrscheinlich nur eifersüchtig, weil ich mit ihm viel Zeit verbracht hatte und weil ich immer großen Wert auf seine Meinung gelegt hatte.
Agnes ... warum dachte ich überhaupt so oft an sie? Wenn meine Gedanken bei Dora waren, so bekam ich Herzklopfen. Aber wenn ich an Agnes dachte, dann war ich von einem tiefen, warmen Gefühl durchdrungen, das ich nur bei ihr empfand.
Sie ist eben deine Schwester, Copperfield! sagte ich mir. Und würdest du sie jetzt um Rat fragen, so würde sie dich nur anlächeln und sagen: »Handle ganz nach deinem Gefühl, Trot. Es führt dich schon auf den richtigen Weg!«

54

Wo ist Emily?

Ich war voller Unruhe. Ich war voller Sorge. Da ich durch meinen ungeplant plötzlichen Abschied von Steerforth noch einige Tage frei hatte, beschloß ich, nach Yarmouth zu fahren. Dort zog es mich vor allem zu Peggotty. Sie hatte mir nämlich geschrieben und mitgeteilt, daß es Mr. Barkis sehr schlecht gehe und man mit dem Schlimmsten rechnen mußte.

Ich kam gerade recht, um den guten Alten ein letztes Mal zu sehen. Die arme Peggotty weilte an seinem Bett, und die, die Anteil an ihrem Schicksal nahmen, wachten im Nebenraum.

»Das ist lieb, daß Sie gekommen sind, Master Davy«, begrüßte mich Mr. Peggotty herzlich.

»Außerordentlich«, sagte der wortkarge Ham. Nur die dritte Person im Raum sagte kein Wort zur Begrüßung: Emily hockte verschüchtert auf einem Stuhl und zitterte am ganzen Körper. Als ich zu ihr trat, vermied sie, mich anzublicken, und ich spüre heute noch ihre kleine kalte Hand in der meinen.

»Sie hat ein so zärtliches Herz«, sagte Mr. Peggotty und sah seine Nichte voller Liebe an. Er legte einen Arm um sie, und Emily kuschelte sich so innig an ihn, als ob sie sich bei ihm verkriechen wollte.

»Es ist schon spät«, sagte Ham nach einiger Zeit und näherte sich fast schüchtern seiner Verlobten. Verwundert sah ich, wie sich Emily noch enger an ihren Onkel drückte - so, als ob sie vor Ham zurückwiche.

»Willst du lieber bei deinem Onkel bleiben, als mit deinem Bräutigam nach Hause zu gehen?« fragte Mr. Peggotty und schien ihre Nähe zu genießen.

Emily nickte nur. Nicht einmal für einen kurzen Moment sah sie Ham nach, als dieser nachdenklich und mit gesenktem Kopf das Haus verließ.

»Laß uns nach oben gehen«, sagte Mr. Peggotty. »Die Flut ist bald vorbei, und dann kommt wohl die Zeit, in der Barkis von uns gehen wird.«

Schweigend gingen wir zu dritt nach oben, und wortlos begrüßte uns Peggotty.

Mr. Barkis lag totenbleich und mit eingefallenen Wangen in seinem Bett, und ich hörte an seinem Atem, daß seine Lebenskraft geschwunden war.

»Mr. Barkis«, flüsterte ich dennoch.

Der alte Kutscher öffnete für einen kurzen Moment die Augen und schien mich tatsächlich zu erkennen. Über sein Gesicht glitt sogar ein schwaches Lächeln, als er mit matter Stimme sagte: »Barkis hat Lust.«

Es war Ebbezeit geworden, und die Ebbe nahm Peggottys Mann mit sich fort.

Man müßte an dieser Stelle innehalten. Aber das Leben ist manchmal so dicht, so voller Ereignisse - da drängt es einen vorwärts, weil sich schon das nächste dramatische Geschehen anbahnt.

Eigentlich hatte ich vor, nach der Aufbahrung von Mr. Barkis nach London zurückzukehren. Peggotty aber bat mich, noch ein paar Tage zu bleiben. Zwar wollte sie ihren Ehemann nur in Begleitung ihres Bruders bestatten, ich aber sollte in offizieller Funktion tätig werden und kraft meiner Ausbildung das Testament von Mr. Barkis öffnen und auf seine Gültigkeit hin prüfen.

Ich verhehle nicht: Ich war stolz, eine solch ehrenvolle Aufgabe übertragen zu bekommen. Und da Mr. Barkis ein sehr verschrobener und eigensinniger Mensch gewesen war, hatte ich auch einige Zeit damit zu schaffen, seinen Nachlaß zu ordnen.

Trotzdem fand ich, wenn ich abends in meinem Gastzimmer saß, Muße, Dora in Gedanken Liebesbriefe zu schreiben. So verging die Zeit wie im Fluge, und meine Abreise nach London stand unmittelbar bevor.

Es war ein stürmischer Abend, es regnete sehr, und hinter den Wolken lugte ab und zu der Vollmond hervor. Ich war unterwegs zu Mr. Peggottys Boothaus, um endgültig Abschied zu nehmen von Yarmouth, und wenn ich ehrlich bin, so war ich in Gedanken schon halb bei Dora und halb bei »Spenlow & Jorkins«.

Als ich die Tür des Bootes öffnete, war mir mit einem Mal sehr merkwürdig zumute. War das das Wetter? War es die Trauerkleidung, die Peggotty trug? Oder wunderte ich mich, daß Ham und Emily nicht zu Hause waren?

Es wurde nicht viel gesprochen. Die alte Mrs. Gummidge grummelte, weil sie sich mal wieder überflüssig vorkam im Hause Peggotty, und Mr. Peggotty blickte ein ums andere Mal zur Wanduhr oder zum Fenster, wo er eine Petroleumlampe entzündet hatte.

»Sie ist für Emily«, erklärte er. »Damit sie weiß, wo sie zu Hause ist und daß ihr Onkel auf sie wartet.« Was soll man sagen zu so viel Liebe und Fürsorge? Wie wollte Mr. Peggotty es verkraften, wenn Emily in wenigen Wochen das Haus für immer verließ, um mit Ham zu leben? Ich war gerade tief in Gedanken und Erinnerungen versunken, als die Tür aufging: Es war Ham – mit einem Südwester auf dem Kopf und vom Sturm durchweht.

»Wo ist Emily?« fragte Mr. Peggotty.

Ham machte eine Kopfbewegung nach draußen. Und statt einzutreten, blickte er mich an und sagte: »Master Davy, könnten Sie mal eben herauskommen und sich ansehen, was Emily und ich mitgebracht haben?«

Es kam mir äußerst merkwürdig vor, aber ich folgte seiner Bitte. Schon im Hinausgehen sah ich, daß

Ham totenbleich war. Und kaum hatte er hastig die Tür hinter sich zugemacht, wußte ich ...
»Ham, was gibt's?«
»Master Davy ...« war das einzige, was er herausbrachte – dann schüttelte es ihn vor Schluchzen.
»Ham! Lieber, guter Ham! Was ist geschehen?«
Nur mit Mühe brachte der junge Mann, der mit einem Schlag um viele Jahre älter aussah, die Worte heraus: »Sie ist fort!«
Ich war wie erstarrt. Ich war unfähig zu sprechen. Ham sah mich in größter Verzweiflung an: »Wie, Master Davy, soll ich's denen da drinnen beibringen?«
In diesem Augenblick wurde die Türe von innen geöffnet. Mr. Peggotty schaute nach draußen. Ein Blick ... und er schien begriffen zu haben, worum es ging.

Ich erinnere mich nur noch an das laute Wehklagen der beiden Frauen und wie sie sich hilfesuchend an den klammerten, der selber Hilfe brauchte. Ich hielt ein Papier, das Ham mir in die Hand gedrückt hatte: Ein Brief von Emily!
Benommen, wie in Trance, las ich vor, was niemand von uns begreifen konnte:
»Wenn du, der du mich viel mehr liebst, als ich es je verdiente, dies liest, werde ich schon weit weg sein. Ich werde nie wieder heimkehren – außer *er* bringt mich als seine Gattin zurück. Ich weiß um meine Schlechtigkeit, und ich weiß, was ich dir, lieber Ham, antue. Ich habe dich nicht verdient, und ich habe auch nicht die Liebe meines Onkels verdient. Sag ihm, daß ich ihn nie so geliebt habe wie gerade jetzt. Ich werde für euch alle beten.«
Das war alles.
Niemand sagte ein Wort, bis nach ewiger Zeit Mr. Peggotty das Schweigen durchbrach: »Wer ist er? Ich will seinen Namen wissen!«
Wieder herrschte Schweigen, langes Schweigen.
Dann blickte Ham mich an. Es war kein vorwurfsvoller und auch kein strafender Blick. Und dennoch war etwas in seinen Augen, was mich wie gelähmt in einen Stuhl sinken ließ.
»Ich will seinen Namen wissen!« sagte jetzt Mr. Peggotty mit noch mehr Nachdruck.
Umständlich und sehr langsam begann Ham zu erzählen, was er in den letzten Wochen, in den letzten Tagen beobachtet hatte. Es war von einem Diener die Rede, von einem Boot ... von der Abreise einer gewissen Person nach London und ihrer heimlichen Rückkehr nach Yarmouth ... von einer Kutsche, in der diese beiden am Vortag saßen und in die Emily im Morgengrauen gestiegen war ...
Mir wurde schwindelig. Ich ahnte es. Ich wußte es ...
»Ist es etwa dieser Steerforth?« flüsterte Mr. Peggotty fast tonlos.
Ham nickte und blickte mich an.
»Ich werde sie suchen, und ich werde sie finden!« stieß Mr. Peggotty hervor und wandte sich ab.

Ich muß nicht erwähnen, wie schockiert ich war. Ich kann auch kaum erklären, welche Vorwürfe ich mir machte. Ausgerechnet Steerforth ... der Mensch, der so lange mein engster Freund und mein Vorbild gewesen war. Ich hätte es verstanden, wenn alle dort in Yarmouth nun voller Verachtung und Wut auf mich herabgeblickt hätten. Schließlich war ich es gewesen, der Steerforth mitgebracht und voller Stolz vorgestellt hatte ...

Aber weder Mr. Peggotty noch Ham, noch meine liebe Amme äußerten ein Wort des Vorwurfs. Im Gegenteil: Emilys Onkel bat mich sogar, ihn mit nach London zu nehmen.

»Ich werde sie suchen. Überall! Und ich werde so lange suchen, bis ich sie gefunden habe!« sagte er immer wieder. Und wie ernst er es mit seiner Ankündigung meinte, merkte man daran, daß er sogar das Boothaus aufgeben wollte. »Hier kann sich niemand glücklich fühlen, wenn Emily nicht mehr da ist«, waren seine Worte, und niemand wagte, ihm zu widersprechen.

Der Zeitpunkt der Abreise war gekommen. Ich hatte schon meine Sachen gepackt und wollte nur noch einige Papiere holen, die ich bei Peggotty vergessen hatte. Die Gute war gerade nicht im Haus, so daß ich Gelegenheit hatte, ein paar Minuten in aller Stille Mr. Barkis zu gedenken ...

Ich mußte mit meinen Gedanken sehr weit weggewesen sein, denn ich war zu Tode erschrocken, als es an der Türe klopfte.

Wer kann das sein? fragte ich mich und hätte am liebsten nicht geöffnet.

Es klopfte erneut.

Widerwillig machte ich die Tür auf, schaute nach draußen und ... blickte erst einmal ins Leere!

Erst mit dem zweiten Blick sah ich einen Regenschirm unter mir, und mit dem dritten endlich lüftete sich das Geheimnis: Miß Mowcher, die mehr als seltsame Freundin von Steerforth, stand vor mir!

»Ich habe Sie gesucht«, erklärte die Zwergin, kaum hatte sie das Haus betreten. »Ich bin gekommen, um Ihnen ein Geständnis zu machen: Emily hat vor Zeiten durch mich einen Brief von Steerforth empfangen!«

Ich muß die Zwergin ziemlich entgeistert angeschaut haben, denn sie bemühte sich sofort, mich zu beruhigen: »Hätte ich gewußt, welch üblen Plan mein und Ihr Freund Steerforth verfolgte – ich hätte mich nie für eine solche Tat hergegeben. Nun ist es geschehen, und mir bleibt nicht mehr als zu trösten und meine Hilfe anzubieten. Sagen Sie denen, die an Emily hängen, Miß Mowcher habe Kunde davon, daß Steerforth die Absicht hat, mit Emily über den Kanal zu fliehen.«

Bevor ich Worte fand, war Miß Mowcher schon wieder an der Tür. »Mister Copperfield«, sagte sie zum Abschied, »hegen Sie bitte keinen Groll gegen die kleinen Menschen ... so, wie es so viele tun. Wir haben die gleichen Stärken und die gleichen Schwächen. Nicht mehr und nicht weniger.«

Mit diesen Worten war sie unter ihrem Regenschirm verschwunden und mit schnellen kleinen Schritten davongeeilt.

Was hatte das alles zu bedeuten? Was hatte Steerforth mit Emily vor? War es ehrliche Liebe oder was sonst?

»Wir könnten seine Mutter aufsuchen«, schlug ich Mr. Peggotty vor, als wir in der Kutsche nach London saßen. »Steerforth hängt sehr an ihr, und wenn jemand seine Absichten kennt, dann ist sie es.«

Hätte ich geahnt, wie hochnäsig und gemein Menschen sein können, die sich für etwas Besseres halten ... ich hätte Mr. Peggotty die Begegnung mit Mrs. Steerforth gewiß erspart ...

Gleich bei der mehr als frostigen Begrüßung merkte ich, daß diese Frau über alles Bescheid wußte. Doch statt Mitleid mit Emilys Onkel zu haben, hatte sie nur Mitleid mit sich selbst: »Mein Sohn hat mich wegen dieser niedrigen Person verlassen! Das einzige, was ich Ihnen versprechen kann: Er wird eine so ungebildete Person, die nicht annähernd unseres Standes ist, niemals ehelichen!«

Armer Mr. Peggotty! Dies war nun der Dank für all die Liebe, die er aufgebracht hatte für ein Kind, das nicht einmal sein eigenes war ... Als ich dann aber sah, wie dieser Mann, der nur ein Fischer war, hocherhobenen Hauptes das Haus von Mrs. Steerforth verließ, hatte ich eher Mitleid mit der Frau, die nur reich an Besitz war, aber nicht an ehrlichem Gefühl ...

Überraschungen

Ich brauchte einige Zeit, um die Ereignisse der letzten Wochen zu verdauen. Mr. Peggotty hatte seine Ankündigung wahrgemacht. Er hatte sich von mir mit den Worten verabschiedet: »Ich werde so lange unterwegs sein, bis ich Emily aufgespürt habe.«

Peggotty war inzwischen ebenfalls nach London gekommen. Ohne ihren Bruder wollte sie nicht in Yarmouth bleiben, und sie bat mich, in meiner Nähe eine kleine Wohnung für sie zu mieten. Als ich auch diese Angelegenheit erledigt hatte, bemühte ich mich redlich, mich ganz auf meine Ausbildung zu konzentrieren. Vergeblich, wie ich frank und frei gestehen muß.

Zum einen befielen mich neuerdings Zweifel, ob ich tatsächlich die richtige Berufswahl getroffen hatte. Zum anderen war ich mit meinen Gedanken meistens nicht bei Gericht und bei Mr. Spenlow, sondern in Norwood und bei Dora Spenlow.

Und als ob der Vater meine geheimsten Sehnsüchte geahnt hätte ... eines Tages überraschte er mich mit der Mitteilung, seine Tochter Dora habe in einigen Tagen Geburtstag, und er würde sich freuen, mich zu diesem Anlaß bei einem kleinen Picknick begrüßen zu können.

Was für eine Freude! Was für eine Aufregung! Ich hatte nur noch eines im Kopf: Wie richte ich mich her? Was bringe ich als Geschenk mit? Welche Worte sage ich, wenn ich vor Dora stehe?

Noch heute hoffe ich, daß mich damals niemand gesehen hat, wie ich auf einem gemieteten Pferd, den Blumenstrauß für Dora auf dem Hut befestigt, gen Norwood ritt.

Es war alles wie ein Traum!

Dora und ich waren um die Wette aufgeregt und verlegen. Mir waren alle Begrüßungsworte, Komplimente und Fragen, die ich mir so schön zurechtgelegt hatte, entfallen, und ich glaube, ich benahm mich wie ein fünfzehnjähriger Schüler, der zum ersten Mal richtig verliebt ist – und das, obwohl Miß Murdstone dieses Mal nicht anwesend war.

Wie um Himmels willen sollte ich Dora meine Gefühle mitteilen? Entweder versagte mir die Zunge, oder Miß Mills, die Busenfreundin von Dora, war mir im Weg. Oder Jip, das ein und alles von Dora, kam mir mit eifersüchtigen Bellanfällen in die Quere.

Ich werde ihr meine Liebe beim Geburtstagspicknick gestehen! beschloß ich.

Doch welches Desaster! Welche Katastrophe!

Ich war natürlich nicht das einzige männliche Wesen, das geladen war: Taucht doch unversehens ein eitler, eingebildeter roter Backenbart neben Dora auf! Strahlt sie ohne Unterlaß an. Redet ohne Punkt und Komma auf sie ein. Nimmt sie völlig in Beschlag ...

Wann aber spürt man seine Gefühle am deutlichsten? Wenn ein Nebenbuhler am Werke ist!

Ich lasse mir meine Dora nicht nehmen! schwor ich.

Nie habe ich ein so reizendes, betörendes und anmutiges Wesen gesehen! Nie wieder werde ich eine andere lieben können!

Aber ich mußte mich gedulden. Ich mußte auch ertragen, wie sich Dora stundenlang Jip widmete und ich zum Bersten eifersüchtig war ... eifersüchtig auf einen Hund!

Ich erspare mir, von den vielen vergeblichen Anläufen zu erzählen, den Andeutungen, den Handküssen, den glühenden Blicken. Ich komme gleich zu dem Tag, an dem ich meinen ganzen Mut zusammennahm und Dora einfach in meine – jawohl, ich tat es! – einfach in meine Arme schloß und küßte ...

Ich sage es ohne Scham: Dora erwiderte meine Küsse. Sie flüsterte mir die liebsten und vertraulichsten Dinge ins Ohr, und ich konnte sagen: David Trotwood Copperfield ist verlobt! Er hat sein Herz der schönsten Jungfrau von England versprochen. Und sein Chef, der Vater dieses Engels, hat keine Ahnung, wen er sich da in seine Kanzlei geholt hat ...

Die Zeit verging fortan wie im Fluge. Nie war ich so heiter und unbeschwert gewesen. Nie zuvor waren meine Worte so leicht aus der Feder geflossen. Jeden Tag schrieben Dora und ich uns einen Liebesbrief, der durch Miß Mills an Mr. Spenlows und Miß Murdstones argwöhnischen Augen vorbeigeschmuggelt wurde.

Natürlich war es unmöglich, meine Gefühle vor allen Menschen zu verbergen. Und wer kam als erster in Frage, von meiner Verlobung zu erfahren: Agnes!

Ich schrieb ihr so offen und ehrlich, wie man nur einer Schwester schreibt. Ich ließ auch nicht unerwähnt, daß Emily mit einem anderen Mann aus Yarmouth geflohen war. Seinen Namen erwähnte ich nicht. Aber ich war mir sicher, daß Agnes ahnte, um wen es sich handelte ...

Als eines Tages Traddles bei mir auftauchte, mußte ich auch ihn einweihen. Ich schwärmte ihm von meiner Dora vor und er mir von seiner Sophy. Ganz nebenbei erfuhr ich das Neueste von den Micawbers: Die letzten Wechsel waren – wie sollte es anders sein? – geplatzt. Der Gerichtsvollzieher war mal wieder zum Pfänden gekommen. Und Mr. Micawber hatte sich einen Decknamen zugelegt und ging nur noch bei Dunkelheit und mit Tarnbrille aus dem Haus ...

Dann aber geschah etwas, was mich noch heute den Kopf schütteln läßt:

Ich hatte Peggotty getroffen und sie nichtsahnend zu mir zu einem gemütlichen Teestündchen eingeladen – doch welche Überraschung bot sich uns, als wir bei mir eintraten?

Tante Betsy und Mr. Dick waren da!

Und mit ihnen eine Katze, zwei Vögel, ein Drachen, Koffer, Kisten und Kasten . . .

Ich mußte kein Hellseher sein, um festzustellen, daß es sich hier nicht um einen gewöhnlichen Besuch handelte. Und nach einer herzlichen Begrüßung kam meine Tante auch schnell zur Sache:

»Lieber Trot, ich denke, du bist inzwischen ein fester und selbständiger Charakter. Ich hoffe, du wirst es verkraften, wenn wir dir mitteilen, daß ich ruiniert bin.«

Ich verstand erst einmal gar nichts, und auch die gute Peggotty schien sichtlich überfordert.

Tante Betsy erklärte weiter: »Alles, was ich in der Welt besitze, befindet sich hier in diesem Zimmer. Ich brauche eine Unterkunft für meinen männlichen Begleiter und für . . .«

Hier geschah etwas, was ich von meiner Tante nie erwartet hätte:

Sie, die mit Eseln und jeder anderen Art von Widersachern klarzukommen wußte und noch nie in meinem Beisein eine Schwäche gezeigt hatte, fiel mir in den Arm und weinte . . .

»Es tut mir vor allem leid für dich, Trot«, sagte sie, nachdem sie sich gefaßt hatte.

»Ich verstand nicht, was sie damit meinte. Doch bevor ich die falschen Fragen stellte, wollte ich erst einmal Zeit gewinnen. Ich ließ durch Mrs. Crupp ein Abendbrot bereiten, und anschließend schlug ich vor, Mr. Dick und sein Gepäck in die Wohnung von Peggotty zu bringen, in der ihr Bruder ein leeres Zimmer hinterlassen hatte.

Meine Hoffnung allerdings, von dem Guten mehr zu erfahren, war vergebens. Der plötzliche Auszug aus Dover schien den Mann noch mehr verwirrt zu haben. Auf rührende Art erzählte er mir, er arbeite jetzt ganz intensiv an seiner Denkschrift. Und ansonsten war mir aufgefallen, wie er bei unserer Mahlzeit heimlich ein paar Stücke Brot und Käse in seine Tasche geschoben hatte.

Was hatte das alles zu bedeuten?

Die Antwort bekam ich häppchenweise in den nächsten Tagen gereicht – aber erst, als noch weiterer Überraschungsbesuch auftauchte: Ich war gerade auf dem Heimweg von der Arbeit, als neben mir eine Kutsche hielt und mich eine wohlvertraute Stimme ansprach: Agnes! Jawohl: Agnes!

Ich hatte in letzter Zeit immer wieder an sie und ihren Vater gedacht, und nun stand sie leibhaftig vor mir. Wir begrüßten uns herzlich, und zu meiner grenzenlosen Freude erfuhr ich, sie sei gerade auf dem Weg zu mir.

Daß es kein gewöhnlicher Besuch war, stellte sich schon bald heraus: Tante Betsy war keineswegs verwundert, Agnes zu sehen. Und ohne Hemmungen erzählte sie in deren Anwesenheit, wie es zum Verlust ihres Besitzes gekommen war:

»Wie ihr ja beide wißt, hatte Betsy Trotwood einiges Vermögen. Sie hatte es auf der Bank angelegt, hat damit spekuliert, mal in England, mal im Ausland. Das war Kapital, das für ein Leben und auch noch ein bißchen mehr ausreichte. Nun ist alles futsch, und ich frage Sie, Agnes, ob Sie mir einen guten Rat geben können!«

Ich war verblüfft. Mir war aufgefallen, wie Agnes nicht nur aufmerksam, sondern höchst aufgeregt den Worten meiner Tante gelauscht hatte. Hatte sie, beziehungsweise hatte ihr Vater mit dem Verlust des Geldes zu tun?

»Ich denke, *ich* muß etwas tun!« sagte ich mit fester Stimme, bevor Agnes eine Antwort geben konnte. »Ich werde meine Ausbildung abbrechen und versuchen, einen Teil des Lehrgeldes zurückzubekommen.«

»Das kommt überhaupt nicht in Frage!« erregte sich meine Tante. »Es müssen andere Lösungen gefunden werden.«

Hätte ich damals geahnt, was sich hinter ihren Worten verbarg – vielleicht hätte ich so manche Untat verhindern können. So nahm ich an einer Diskussion teil, die im Grunde zu nichts führte:

Das Geld war weg, und wir alle konnten nur versuchen, der guten Tante Betsy irgendwie den Rücken zu stärken.

Aber nicht allein sie brauchte Unterstützung. Was ich kurz darauf von Agnes erfuhr, ließ mich erst recht erschrecken:

»Ich bin nicht allein nach London gekommen, Trotwood«, verriet sie mir. »Mein Vater und Uriah Heep sind auch in der Stadt. Sie haben verschiedene Geschäfte hier zu erledigen, und ich lasse Vater nicht gern allein mit Heep reisen.«

»Warum schickt ihr ihn nicht einfach zum Teufel?« wagte ich zu fragen und erntete einen wenig verständnisvollen Blick von Agnes.

»Du kennst meinen Vater nicht. Er ist die Güte in Person. Er wird nie jemanden verdammen, schon gar nicht wegen seines Äußeren und seines Standes. Er hat größtes Vertrauen zu seinem Mitarbeiter und hat ihn inzwischen zu seinem Kompagnon gemacht.«

»Ist das wahr?«

»Nicht nur das«, erklärte Agnes, »sie wohnen auch inzwischen bei uns.«

»Wer sind *sie*?«

»Uriah Heep und seine Mutter. Es hat sich vieles bei uns geändert, und wenig erinnert noch an die Zeit, als du bei uns auftauchtest.«

»Ich finde das alles schrecklich«, sagte ich schaudernd bei der Vorstellung, daß Uriah Heep jetzt in meinem ehemaligen Zimmer hauste.

Agnes schien zu ahnen, was mir durch den Kopf ging. Sie sah mich so liebevoll und warm an, wie es nur ihr gegeben war, und sagte: »Mach dir nicht so viele Sorgen, Trot. Ich passe schon auf meinen Vater auf. Am Ende werden die Liebe und die Wahrheit siegen, davon bin ich zutiefst überzeugt.«

Ich mochte nicht weiter über dieses Thema sprechen. Ich erzählte Agnes statt dessen von Dora und meinen Plänen für die Zukunft.

»Wirst du sie heiraten?« fragte mich Agnes und blickte mich dabei wie eine große Schwester an. Ich wurde verlegen. Ich wußte nicht zu antworten.

Zum Glück wechselte Agnes jetzt das Thema und machte es nicht wie Tante Betsy: Sie hatte beim Gespräch über Dora und eine Heirat nur milde gelächelt und gemeint: »Ach, Trotwood, du glaubst doch wohl selber nicht, daß dieses liebe kleine Täubchen deine wahre Liebe ist . . .«

Ihr werdet schon noch alle sehen! dachte ich damals und konnte es kaum erwarten, bis ich meine süße Dora wieder in meinen Armen hielt. Zuvor allerdings mußte ich noch eine andere Begegnung durchstehen: Mr. Wickfield und Uriah Heep erschienen in meiner Wohnung. Ersterer war so blaß und in so erschreckender Verfassung, daß ich richtiggehend Angst um ihn bekam. Letzterer kam so schwänzelnd und teuflisch daher, wie ich ihn kannte. Und so dreist, wie ich ihn bisher noch nicht erlebt hatte: »Das Schöne – ich meine damit Miß Agnes – entwickelt sich. Das Niedrige – nämlich meine Mutter und ich – erheben sich langsam, aber stetig.«

64

Ich muß nicht erwähnen, wie froh ich war, als Uriah Heep meine Wohnung verlassen hatte. Und ich gestehe auch, daß ich sehr glücklich war, nach diesen schlimmen Neuigkeiten zu Dora flüchten zu können.

Welche Freude, meinen Schatz wiederzusehen! Welche Wonne, sie heimlich abküssen zu dürfen! Und auch Dora schien sich in Zukunft allein von der Liebe ernähren zu wollen. Um so schlimmer war die Furcht davor, meiner Verlobten gestehen zu müssen, daß ich meine ganze Unterstützung, meine Aussicht auf ein erhebliches Erbe und demnächst auch meine Arbeit mit einem Schlag verloren hatte.

»Das macht nichts, mein Süßer!« verblüffte mich Dora mit ihrer Antwort.

»Und wovon sollen wir leben, mein Schatz?«

»Von unserer Liebe, mein Geliebter!« erwiderte Dora und blickte mich dabei wie ein unschuldiges Kind an.

Ich fasse es kurz: Mein Herzstück war beim besten Willen nicht davon zu überzeugen, daß das Leben vor allem aus Arbeit und Sorgen bestand. Für sie bestand es aus Liebe, süßen Hunden und nochmals Liebe ... bis, ja bis ihr Vater und Miß Murdstone auftauchten!

Dora wurde blaß, und ich errötete.

»Mir ist zu Ohren beziehungsweise unter die Augen gekommen«, erklärte Mr. Spenlow, »daß sich mein Herr Angestellter und Auszubildender hinter meinem Rücken an meine Tochter herangemacht hat.«

Ich wäre am liebsten im Erdboden versunken.

»Es ist Liebe, Mr. Spenlow! Ich liebe Ihre Tochter von ganzem Herzen«, suchte ich nach Worten. »Ich verehre sie mit meiner ganzen Keuschheit und möchte um ihre Hand bitten ...«

»Keuschheit?« rief mein Vorgesetzter und hielt mir einen ganzen Stapel von meinen Liebesbriefen unter die Nase.

Ich war geschockt. Ich konnte es nicht fassen.

»Die habe ich auf Knien in hartem Kampf erobert«, mischte sich jetzt Miß Murdstone ein und sah mich so gehässig an wie damals im *Krähennest*.

Viel, viel Neues

Wie sollte mein Leben weitergehen? In Mr. Spenlows Kanzlei konnte ich mich eigentlich nicht mehr blicken lassen. Mein guter Ruf war dahin, und außerdem blieb mir wegen Tante Betsys Unglück nichts anderes übrig, als selber Geld zu verdienen.

Wie sooft in meinem Leben kam guter Rat von meiner »Schwester« Agnes:

»Besuche doch mal deinen alten Lehrer Dr. Strong! Er ist inzwischen pensioniert und sucht zur Unterstützung seiner privaten Studien dringend einen Sekretär.«

Ich machte mich umgehend auf den Weg nach Highgate, wo der alte Herr ein hübsches Häuschen bewohnte. Die Begrüßung war überaus herzlich, die Reaktion auf meine Bewerbung allerdings weniger befriedigend: »Ja, lieber Copperfield«, sagte mein Lehrer, »können Sie denn Ihre Zeit nicht zu was Besserem verwenden?«

Ich erklärte Mr. Strong meine Notlage und erntete vollstes Verständnis: »Selbstverständlich bin ich Ihnen behilflich, Copperfield. Sie können mir bei der Arbeit an meinem neuen Wörterbuch assistieren.« Dann durfte ich noch Annie, seine Gattin, und deren Vetter, einen gewissen Jack Maldon begrüßen. Hätte ich nicht von Agnes um die Verhältnisse im Hause Strong gewußt ... ich hätte mein letztes Hab und Gut verwettet, daß nicht Dr. Strong, sondern der junge Maldon der Ehemann der wunderschönen Annie wäre.

Wie es auch immer um die Ehe der Strongs stehen mochte - ich hatte eine neue Beschäftigung und ein erstes kleines Gehalt.

Als nächstes lag mir das Wohl meines guten Freundes Dick am Herzen. Ihn hatte die plötzliche Veränderung von Tante Betsys Situation einigermaßen aus der Fassung gebracht, und es war dringend notwendig, ihm einen neuen Halt und, besser noch, eine sinnvolle Beschäftigung zu verschaffen.

Hier nun konnte mir mein Freund Traddles helfen. Als ich ihn zusammen mit Dick aufsuchte, mochten sich die beiden auf Anhieb. Ich mußte Traddles auch nicht viel von der Denkschrift und König Karl dem Ersten erzählen. Er verstand sofort, wo die Probleme von Mr. Dick lagen, und hatte eine glänzende Idee: »Ich brauche dringend jemanden, der mir gewisse Gerichtsakten fehlerlos abschreibt. Falls Sie die Arbeit an Ihrer Denkschrift um einige Zeit verschieben könnten, wäre mir sehr geholfen.«

Mr. Dick strahlte, wie ich ihn selten erlebt hatte. Mit einem Mal fühlte er sich nicht nur gebraucht, sondern er konnte sogar Geld verdienen.

Aber nicht nur für ihn war der Besuch bei Traddles von Nutzen. Auch ich bekam einen guten Tip von meinem Freund. Er wußte nämlich, daß ich seit langem mit dem Gedanken spielte, irgendwann die Schreiberei zu meinem Beruf zu machen. Nur wie ich das anstellen sollte - das war mir rätselhafter als ihm. »Versuch es doch erst einmal als Journalist«, schlug er mir vor. »Du kennst dich in der Juristerei aus und könntest bestimmt als Berichterstatter von Prozessen und Parlamentssitzungen unterkommen. Wenn du die Kunst der Stenografie beherrschst, wirst du leichtes Spiel haben.«

Ich war begeistert. Umgehend beschloß ich, mir ein stenografisches Lehrbuch zu besorgen und mich auf neue Aufgaben vorzubereiten.

Doch so angenehm und problemlos sich damals einige Dinge in meinem Leben fügten - zugleich hatte ich ein sehr ungutes Gefühl. Ja - ehrlich gesagt -, ich hatte richtiggehend Angst: Von Mr. Micawber war ein Brief bei mir eingetroffen, ein Brief, des-

sen Inhalt mich einigermaßen verwirrte. Darin teilte er mir mit, er heiße fortan Mr. Mortimer und werde demnächst nach Canterbury ziehen, um dort in einer äußerst wichtigen und geheimen Sache tätig zu werden.

Meine Neugierde war schlagartig geweckt, und ich schlug Traddles vor, unserem seltsamen Bekannten, dessen Leben eine einzige Achterbahnfahrt mit steilen Aufs und Abs zu sein schien, umgehend einen Abschiedsbesuch abzustatten.

Und welche schier unfaßlichen Neuigkeiten warteten auf uns! Mr. Micawber hatte – ich weiß heute nicht mehr wie – Kontakt mit Mr. Wickfield, besser gesagt: mit seinem mir so wohlbekannten Mitarbeiter Uriah Heep aufgenommen und war als dessen Geheimschreiber angestellt worden.

»Verstehen Sie«, erklärte mir Mrs. Micawber mit glückstrahlender Miene, »was das bedeutet? Endlich hat jemand die außerordentlichen Qualitäten meines lieben Mannes erkannt. Nun machen wir uns berechtigte Hoffnungen, daß er eines nahen Tages doch noch zum Richter oder gar Kanzler gewählt wird.«

Ich konnte es nicht fassen ... ich wollte es nicht glauben. Aber wenige Wochen später schon wurde ich höchstpersönlich Zeuge dieser unglaublichen Verknüpfung.

Ich war nach Canterbury gefahren, um Agnes zu besuchen und mich nach Mr. Wickfields Befinden zu erkundigen. Hier erlebte ich nicht nur einen Mr. Micawber, der – ganz offenbar blind für den üblen Charakter seines Vorgesetzten – mir stolz von seiner Arbeit für die Firma »Wickfield & Heep« erzählte. Hier wartete ich auch vergeblich auf eine Gelegenheit, ohne Beisein von Mrs. Heep mit Agnes zu sprechen. Statt dessen aber erlebte ich eine Schreckensszene, die mir endgültig die Augen öffnete: Ich war spät am Abend allein zu einem Spaziergang aufgebrochen, um all den Horror, der sich im Hause Wickfield ausgebreitet hatte, abzuschütteln. Da hörte ich plötzlich Schritte hinter mir, und eine mir wohlvertraute und sehr unangenehme Stimme sagte: »Master Copperfield! Ich muß mit Ihnen reden!«

Mich schauderte. Mir grauste. Ich wollte dieses Ekel abschütteln. Doch vergeblich. Uriah Heep offenbarte mir mit aller Dreistigkeit und Kälte seine Pläne: »Master Copperfield, Sie sind mein gefährlichster Nebenbuhler! Ich zähle zu den geringen Leuten, und ich bin mir meiner Niedrigkeit bewußt. Aber ich habe zusammen mit meiner Mutter den Entschluß gefaßt, mich nicht beiseiteschieben zu lassen. Auch nicht bei . . . bei Miß Wickfield!«

Ich war erstarrt. Ich fühlte Kälteschauer auf meinem Rücken. »Wer will Sie beiseite –« wollte ich fragen, wurde aber von der schneidenden Stimme Heeps unterbrochen: »Sie, Copperfield! Sie! Glauben Sie nicht, wir hätten nicht bemerkt, wie Sie mit allen Mitteln versuchen, sich an Miß Wickfield heranzumachen?«

Ich war geschockt. Ich betrachtete dieses Übelwesen und versuchte mir einzureden, dies sei alles nur ein böser Traum, aus dem ich jeden Moment aufwachen würde. Aber der Kerl holte mich auf grausame Weise in die Wirklichkeit zurück, säuselte von seiner unauslöschlichen Liebe und Verehrung für Agnes, ringelte und schlängelte sich vor mir und zog erst seinen Kopf etwas ein, als ich ihm erklärte, daß ich mit einem anderen Mädchen verlobt sei.

»Das ist überraschend, verehrter Master Copperfield. Das macht einiges für mich einfacher«, bekam ich zu hören, und ich erspare meinen Lesern und mir die weiteren unausstehlichen Ergüsse dieses Teufels. Nicht nur einmal mußte ich mich beherrschen, diesem Scheusal nicht an die Gurgel zu fahren.

Gleich am nächsten Morgen versuchte ich erneut, eine Gelegenheit zu finden, um mit Agnes allein zu sprechen. Doch was ich auch unternahm – es war vergeblich. Ein Unglück schien seinen Lauf zu nehmen, und ich bekam keine Chance, in irgendeiner Weise helfend einzugreifen. Mr. Wickfield schien wie betäubt oder vom Alkohol vernebelt. Agnes machte den Eindruck, als sähe sie nichts von dem, was auf sie zukam. Und Mr. Micawber? Der war total verblendet, seitdem man ihn mit welchen Geheimaufträgen auch immer betraut hatte . . .

Ich verabschiedete mich von Canterbury. Und ich hatte das dumpfe Gefühl, beim nächsten Besuch – falls dieser jemals stattfinden würde – noch weitaus schlimmere Zustände anzutreffen.

Wie soll ich meine Gefühle von damals beschreiben? Ich kann nur sagen: Ich flüchtete mich in die Arbeit. Ich versuchte, mich mit meiner Liebe zu Dora abzulenken. Und es kam so, wie es oft im Leben geschieht: Andere dramatische Ereignisse überstülpen das, was allein schon ausgereicht hätte, um daraus einen Roman zu machen.

Als erstes erfuhr ich, daß Mr. Spenlow ganz überraschend verstorben war. Die Ursache lag sehr im dunkeln, und selbst Dora schien eine Zeitlang an einem natürlichen Ende zu zweifeln. Kaum hatte ich diese Überraschung verkraftet, wurde ich Zeuge einer Szene, die ich noch heute ganz frisch vor Augen habe.

Es war Winter geworden. Die Straßen waren tief verschneit. Der Westwind wehte mir kräftig und schneidend ins Gesicht, als ich eines Abends von Dr. Strong kam. Ich dachte an Stenozeichen, an Dora, an eine Tasse heißen Tee bei mir zu Hause ... da tauchte wie aus dem Nichts vor mir eine Frauengestalt auf ... blickte mich an ... hielt kurz inne, als ob sie mir etwas zu sagen hätte ... und ging weiter. Ich kannte das Gesicht. Es war mir schon einmal begegnet. Ich wußte nur nicht wo ...

Als ich langsam und grübelnd meinen Weg fortsetzen wollte, stutzte ich erneut: Eine andere Gestalt, die eines Mannes, bewegte sich ganz in meiner Nähe auf den Stufen des Kirchenportals, und - welches Wunder - diese Person erkannte ich sofort: Mr. Peg-

gotty! Kaum hatte ich ihn gesehen, war mir auch der Name der Frauengestalt eingefallen: Martha Endell. Jenes Mädchen, welches sich vor Zeiten an Emilys Fersen geheftet hatte, um von ihr Geld zu erbetteln! Ich war viel zu verwirrt, um alles gleichzeitig zu begreifen. Ohne viel nachzudenken, ging ich zu dem, den ich irgendwo in der Ferne, aber wahrlich nicht in der Nähe meiner Wohnung vermutet hätte:
»Was treiben Sie denn hier, Mr. Peggotty?«
Emilys Onkel sah mich freudestrahlend an: »Master Davy! Willkommen, willkommen! Ich wollte mich gerade auf den Weg zu Ihnen machen, mir anschließend ein Nachtquartier suchen und morgen wieder abreisen. Heute war ich schon in Yarmouth und ...«
»Gemach, gemach!« bremste ich den Redefluß Mr. Peggottys und schlug vor, erst einmal einen warmen Gasthof aufzusuchen.

Mr. Peggotty war einverstanden, und wenige Minuten später saßen wir uns in einem gemütlichen Raum gegenüber, und ich hörte mit Staunen, was dieser Mann in letzter Zeit alles erlebt hatte: Obwohl jeder nur den Kopf schütteln konnte über ein solches Unterfangen, hatte Peggotty alles unternommen, um Emily aufzuspüren. War jeder auch noch so vagen Spur nachgereist. Hatte mit einem Instinkt Fährten ausgemacht, die nur ein Jäger oder Fischer zu finden vermag. War tatsächlich über den Kanal nach Frankreich, nach Italien, in die Schweiz, ja sogar nach Deutschland gereist und ... »fast hätte ich ihn erwischt, den Verführer, mit seiner unfreiwilligen Geliebten! Ich hatte ein paar Briefe, die Emily an mich geschickt hatte«, erklärte Mr. Peggotty. »Briefe, in denen sie um Verzeihung bat und in denen sie Geld schickte. Briefe, aus denen ich die Stimme meiner lieben Emily von früher heraushörte ...«
»Glauben Sie, daß sie glücklich ist mit ... mit diesem Mann?« fragte ich.
»Er hat sie mit Geld gelockt und mit einer Lebensart, die sie in Yarmouth nicht hätte haben können«, erwiderte Mr. Peggotty. »Aber mit Liebe hat das nichts zu tun. Morgen werde ich mich wieder auf den Weg machen, um sie zu finden, bevor es zu spät ist.«

69

Es wurde noch ein langer Abend mit dem Fischer. Ich mußte ihm erzählen, was sich seit unserem letzten Treffen in meinem Leben alles verändert hatte. Und Mr. Peggotty verlor sich in Erinnerungen an alte Zeiten:

Wie er erst Ham und dann Emily adoptiert hatte, nachdem beider Eltern gestorben waren. Wie seine Schwester vom **Krähennest** erzählte, in dem ein Kind namens David geboren wurde. Wie eines Tages dieser Junge zu Beusch ins Boothaus kam und neben der kleinen Emily auf einer Kiste saß . . .

Wäre an diesem Abend nicht noch etwas höchst Merkwürdiges geschehen – ich könnte ihn in angenehmster Erinnerung haben: Gerade als Mr. Peggotty mit glänzenden Augen von Emilys Jugend erzählte, öffnete sich hinter seinem Rücken die Tür des Gastraumes und . . . eine Gestalt erschien. Ich war so verwirrt und irgendwie auch erschrocken, daß ich alles tat, damit sich Mr. Peggotty nicht umdrehte. Bis heute weiß ich nicht, was mich dazu veranlaßte. Ich erinnere mich nur noch an mein Herzklopfen und an eine Handbewegung dieses Wesens, die mir signalisieren sollte: Bitte verraten Sie mich nicht, Mr. Copperfield!

Was auch immer das Erscheinen von Martha zu bedeuten hatte – ich vermochte es damals nicht zu klären. Neue Dinge ereigneten sich. Sehr, sehr aufregende Dinge . . .

Erst einmal wurde ich erneut vom Liebesfieber befallen. Besser gesagt: Meine an sich schon erhöhte Temperatur erreichte gefährliche Ausmaße.

Dora war, nachdem sie den Tod ihres Vaters einigermaßen überwunden hatte, zu zwei Tanten gezogen. Dort wurde sie versorgt, verwöhnt und vor ihrem stürmischen Liebhaber geschützt. Doch Liebe kennt keine unüberwindbaren Hindernisse, jedenfalls nicht die meine. Ich besuchte meinen Schatz, sooft ich nur konnte. Ich küßte sie, liebkoste sie, und ich hätte sie am liebsten auf der Stelle entführt.

Wie selig ich damals war, mußte ich vor allem dem Menschen mitteilen, der mir von meinen Lieben am nächsten stand: Agnes.

70

Ich schrieb ihr einen Brief und bat sie, so bald wie möglich nach London zu kommen, damit ich ihr Dora persönlich vorstellen konnte.

Der Besuch fand früher statt, als ich erhofft hatte. Und der Erfolg übertraf alle meine Erwartungen. Dora und Agnes verstanden sich auf Anhieb, ja, sie schlossen einander ins Herz. Als sie voneinander Abschied nehmen mußten, dauerte es Ewigkeiten, bis Agnes' Kutsche endlich losfahren durfte.

Die Ernüchterung folgte prompt: Natürlich war Agnes nicht alleine gekommen. In ihrer Begleitung waren - wie konnte es anders sein? - Uriah Heep, Mrs. Heep und Mr. Wickfield. Letzterem ging es schlechter denn je; der ständige Umgang mit seinem Partner schien ihn langsam, aber sicher zum Dauertrinker werden zu lassen. Was die Lage aber so arg machte: Er hatte ganz offensichtlich den Überblick verloren. Er ließ sich nach wie vor von seiner Tochter umhegen und verwöhnen - nur zu einem vernünftigen Gespräch war er kaum fähig. Längst war es Heep, der die Geschäfte führte. Und falls es Agnes einmal wagte, sich einzumischen, so trat Mrs. Heep auf den Plan und erklärte in aller Entschiedenheit, geschäftliche Angelegenheiten seien nichts für Frauen.

Muß ich erwähnen, daß mir die Galle überlief?

»Ich gebe zu«, bekam ich von Uriah zu hören, »ich bin neidisch, und ich lasse mich nicht mehr aufhalten. Von Ihnen, Master Copperfield, schon gar nicht!«

Und als er sich gar erdreistete, der jungen Mrs. Strong zu unterstellen, sie treibe es hinter dem Rücken ihres Ehemannes und meines ehemaligen Lehrers mit ihrem jungen Vetter Maldon - da gingen mir die Nerven durch: Ich schrie diesen Unhold an. Ich warf ihm all seine Niedertracht und Gemeinheit vor, und - ja, ich tat es! - ich gab ihm eine Ohrfeige!

Wie aber reagierte dieser eklige Kerl? Er winselte und schlängelte sich und redete von unserer unauslöschlichen Freundschaft, bis ich nur noch einen Wunsch hatte: diesen Fiesling zwischen Tür und Wand wie eine reife Nuß zu zerdrücken ...

Hochzeit

Ich muß einen großen Sprung machen in meiner Erzählung, und es ist zugleich ein Sprung in ein neues Leben: Ich bin mündig geworden, denn ich habe das stolze Alter von einundzwanzig Jahren erlangt. Damit nicht genug . . . es ist mir auch gelungen, hinter alle Geheimnisse der Stenografie zu kommen, und der Lohn ist: Ich bin Parlamentsberichterstatter für eine Morgenzeitung geworden. Und weil mir das Schreiben so große Freude bereitet, habe ich es auch mit Geschichten versucht. Und siehe da: Auch sie wurden gedruckt und sogar bezahlt!

Ich habe mein Leben endgültig selbst in die Hand genommen. Um mein Glück vollkommen zu machen, fehlt nur noch eines – ein Häuschen und darin eine süße kleine Frau mit Namen Dora und ein kleines süßes Hündchen mit Namen Jip.

Das Schicksal will es so, daß mir meine Tante Betsy ein weiteres Mal in meinem Leben hilft. Wir finden zwei Häuschen – das eine für sie und gleich daneben das andere für meine Auserwählte und mich. Doch was nützt das schönste Dach über dem Kopf, wenn das Haus leer ist!

Glücklicherweise gibt es auch für einen solchen Fall hilfsbereite Tanten: Die eine, mit dem hübschen Namen Miß Lavinia, übernimmt es, für Doras Ausstattung zu sorgen. Und die andere, mit dem kaum weniger wohlklingenden Namen Miß Clarissa, durchstreift zusammen mit Tante Betsy ganz London, um für ihre Nichte und mich Mobiliar und Hausrat zu besorgen.

Und dann endlich ist es soweit: Das Haus ist festlich geschmückt, die Gäste reisen an, und dem Bräutigam schlägt das Herz vor Aufregung und Freude bis zum Halse. Agnes kommt allein und übernimmt die Rolle der Brautjungfer. Ihr zur Seite steht Sophy, die Liebste meines Freundes Traddles.

Eine besondere Aufgabe bekommt natürlich Mr. Dick: Er spielt die Rolle des Brautvaters und macht mit seinem zu diesem Anlaß extra gekräuselten Haar Traddles Konkurrenz, der seiner Frisur eine besonders extravagante Form gegeben hat. Aber ich will mich nicht bei Äußerlichkeiten aufhalten und sage es mit einem Satz: Dora und David werden ein Paar!

Was nun folgte, kann man mit Worten eigentlich kaum beschreiben. Die Flitterwochen vergingen wie im Fluge, und anschließend stellte sich die Frage: Wie führt man gemeinsam einen Haushalt?

Ich sage es gleich vorweg: Es ging drunter und drüber bei Mrs. und Mr. Copperfield!

Dabei nahm ich mir unendlich viel Zeit, um meiner lieben kleinen Frau etwas über Haushalt beizubringen. Zum Beispiel legte ich ihr nahe, ein Haushaltsbuch zu führen, in dem sie fein säuberlich unsere Einnahmen und Ausgaben festhalten sollte.

»Ach, Doady!« sagte Dora schon bald, »das mußt besser du machen. Dein Liebchen versteht nichts von Geld.«

Beim Probeeinkaufen wollte ich gerne sehen, ob mein Liebchen für uns beim Metzger statt eines Pfunds Hammelkeule nicht vielleicht fünf oder gar zehn Pfund kaufen würde.

»Ach, Doady-Schatz!« hieß es dann, »dein Herzchen will sich da gar nicht auskennen. Der Metzger wird schon wissen, wieviel er mir einpacken muß.«

Dann wollte ich herausfinden, wie es mit der Kochkunst meines Herzchens bestellt war.

»Ach, Doady-Süßer, da laß ich am besten die Finger davon«, bekam ich darauf zu hören. »Ich möchte mich lieber um den kleinen Jip kümmern.«

So war das, und ich mußte als erstes für eine Haushaltshilfe sorgen. Doch – was nützt die beste Hilfe, wenn man ihr nicht klipp und klar sagt, was sie zu tun hat.

»Ich kann das nicht, Doadylein«, erklärte mir Dora am Abend, wenn ich vergeblich auf ein Essen wartete.

»Und warum nicht, Liebes?« fragte ich freundlich.

»Weil ich noch eine so kleine Gans bin«, war die Antwort.

Ich war geduldig. Ich war sogar sehr geduldig mit meinem Gänschen. Aber irgendwann platzt auch dem liebevollsten Ehemann der Kragen. Ich machte ein ernstes Gesicht und sagte: »Liebste Dora, wir müssen endlich vernünftig miteinander sprechen.«

»Ich merke schon, du willst mich schelten!« rief Dora mit kläglicher Stimme.

»Nein«, sagte ich ganz ruhig, »wir müssen nur eine Lösung finden.«

»Du liebst mich nicht mehr«, begann Dora sogleich zu schluchzen. »Ich merke schon, daß ich nicht mehr dein Liebling bin!«

»Natürlich bist du mein Liebling!«

»Aber du liebst deinen Liebling nicht mehr!«

Ich sage es ganz ehrlich: Ich war einigermaßen verzweifelt. Mit jedem Tag wurde der Haushalt chaotischer. Es gab keine Mahlzeit, die pünktlich auf den Tisch kam. Es kam regelmäßig vor, daß ich keine frischen Strümpfe oder kein gebügeltes Hemd vorfand. Einmal war es der Rasierpinsel, der sich in Luft aufgelöst hatte. Dann fehlten, ich weiß nicht wie viele silberne Kaffeelöffel, und im übrigen verschlang die Haushaltsführung Unsummen.

»Dann müssen wir uns eben ein anderes Mädchen suchen!« schlug Dora vor.

Ich sage es hier ohne Übertreibung: Es war nicht *ein* Hausmädchen, das gekündigt wurde! Es waren mindestens fünf in wenigen Monaten, und nichts änderte sich. Reichlich frustriert suchte ich schließlich Trost und Rat bei Tante Betsy.

»Dora ist eine zarte Blume«, erklärte sie mir. »Mit solchen Pflänzchen muß man ganz sanft umgehen und viel Geduld haben, bis sie voll erblühen.«

Ich war auch weiterhin geduldig – das kann ich mit Fug und Recht behaupten. Nur manchmal, wenn alles drunter und drüber ging, dann fragte ich mich, ob es in allen Ehen so laufen mag.

»Mein Engelchen ist auch nicht das ordentlichste«, flüsterte mir Traddles eines Tages bei einem Besuch zu. »Aber ganz so chaotisch wie bei euch geht es bei uns nicht zu.«

Aufregungen

Die Zeit verging wie im Fluge, seitdem ich verheiratet war, und ich wußte kaum, allen meinen Verpflichtungen nachzukommen. Vor allem beruflich ging es steil aufwärts. Mein Name war inzwischen einer großen Leserschaft bekannt, und ich war so unbescheiden, mich an meinen ersten Roman zu wagen.

Eines Abends - ich hatte auf einem langen Spaziergang wieder einmal über mein Buch nachgedacht - kam ich an einem Haus vorbei, das ich normalerweise kaum eines Blickes würdigte. Die Jalousien waren wie immer herabgelassen, und düster zeichnete sich das Gebäude gegen den gewitterschwangeren Himmel ab. Wer weiß, ob sie überhaupt noch lebt! dachte ich gerade im stillen, als mich eine Stimme aufschreckte:

»Bitte warten Sie einen Augenblick! Miß Dartle würde Sie gerne sprechen.«

Am liebsten wäre ich einfach weitergegangen, aber Neugierde, pure Neugierde, ließ mich innehalten.

Es war nun einmal so: Das Schicksal hatte es gewollt, daß ich mich in derselben Gegend niedergelassen hatte, in der auch jene Menschen lebten, mit denen ich für immer gebrochen hatte: Mrs. Steerforth, die Mutter des Menschen, den ich einst so bewundert und auch gemocht hatte. Und Miß Dartle, die junge Hausdame, von der ich im nachhinein annahm, daß sie sich insgeheim Hoffnung auf James Steerforth gemacht hatte.

Wie dem auch immer sei - plötzlich holte mich die Vergangenheit ein, und wenige Sekunden später wurde ich von einem Dienstmädchen in den Garten des Hauses geführt. Und als ob sie auf mich gewartet hätte, trat Miß Dartle auf mich zu!

»Ich habe einige Neuigkeiten für Sie, Mr. Copperfield«, eröffnete mir die Hausdame, während sie mich mit ihren kalten, funkelnden Augen musterte.

Ich war gespannt. Ich merkte, wie ich vor Aufregung innerlich zitterte.

»Folgen Sie mir«, erhöhte Miß Dartle noch die Spannung und führte mich hinter eine hohe Hecke, die den Garten von den Gemüsebeeten trennte.

Im selben Moment trat jemand aus der Dämmerung, an den ich wirklich nicht gedacht hätte: Littimer, der Diener von Steerforth!

»Erzählen Sie es ihm!« befahl Miß Dartle, und in den nächsten Minuten erfuhr ich Dinge, die mich zutiefst erschütterten:

»Wie Sie inzwischen wahrscheinlich wissen, sind James und dieses Fischermädchen einige Zeit über den Kontinent gereist. Ich war Zeuge, wie sich mein Herr bemühte, der Kleinen einigermaßen Bildung und gutes Benehmen beizubringen. Das war wohl anfangs auch ganz lustig und abwechslungsreich. Nur läßt sich nicht verhehlen, daß mein Herr irgendwann den Spaß an diesem Unternehmen verlor. Es kam zu Unstimmigkeiten und Streitereien. Und schlußendlich fielen klare Worte: In Neapel gab Mr. Steerforth der Kleinen endgültig den Laufpaß. Statt nun einsichtig zu sein, reagierte das Mädchen widerborstig, ja sogar mit Gewalt. Und das, obwohl ihr Mr. Steerforth anbot, sich um einen anderen standesgemäßen Liebhaber zu kümmern. Kurzum: Wir mußten die Kleine einsperren. Aber wie zu befürchten war . . . das Biest befreite sich eines Tages. Und seitdem ist sie verschollen.«

»Vielleicht ist sie tot«, sagte Miß Dartle, nachdem Littimer schwieg und mich prüfend ansah.

»Vielleicht hat sie sich ertränkt«, sagte der Diener, und keine Spur von Mitgefühl war in seinem Gesicht zu erkennen.

»Danke, das ist alles«, sagte Miß Dartle zu Littimer. Dieser machte eine tiefe Verbeugung, streifte mich mit einem verächtlichen Blick und verschwand.

Ich fand nur mühsam Worte: »Und weshalb lassen Sie mich dies alles wissen, wenn ich fragen darf?«

»Weil Sie, falls Emily überhaupt noch lebt und je wieder auftaucht, derjenige sind, der eine neuerliche, lästige Begegnung zwischen ihr und James verhindern kann.«

»Und wo ist Steerforth jetzt?«

»Zu unserem großen Bedauern auf See«, erklärte Miß Dartle. »Mrs. Steerforth und ich erwarten ihn sehnsüchtig zurück.«

Muß ich erwähnen, wie bestürzt ich war?
Mein erster Gedanke galt Mr. Peggotty. Ich hatte keine Ahnung, ob er gerade in seiner kleinen Bleibe in London weilte oder wieder einmal auf Suchreise war.
Ich erzählte Dora von der schrecklichen Geschichte, und gleich am nächsten Abend machte ich mich auf den Weg zu Mr. Peggottys Wohnung.
Ich hatte Glück. Er saß lesend am Fenster und bemerkte nicht einmal, daß ich eintrat.
»Hallo, Mr. Peggotty!« begrüßte ich den Mann, der mir von Grund auf so sympathisch war. »Ich habe Nachrichten von Emily.«
Die Wiedersehensfreude war schlagartig aus dem Gesicht des Fischers verschwunden. Er blickte mich starr an und unterbrach mich nicht ein einziges Mal, während ich ihm alle Neuigkeiten über seine Nichte berichtete.
»Sie lebt! Ich weiß, daß sie lebt!« waren die ersten Worte, die aus ihm herausbrachen.
»Auch ich bin davon überzeugt, daß sie sich nichts angetan hat«, bestärkte ich ihn. »Nur eigentlich müßte sie längst...«
»Emily kommt nicht freiwillig zu mir zurück«, unterbrach mich Mr. Peggotty. »Sie plagt sich mit ihrem schlechten Gewissen, das weiß ich aus ihren Briefen. Vielleicht kommt sie hier in die Stadt. Aber ein anderer muß ihr die Angst nehmen und sie überzeugen...«
»Ich kenne eine Frau, zu der sie eventuell Vertrauen hat«, fiel ich jetzt Mr. Peggotty ins Wort. »Sie treibt sich hier in London herum.«
»Meinen Sie Martha?« fragte der Fischer zu meiner Verblüffung.
Ich bejahte. Und ich erklärte ihm, warum.
»Ja, auch ich bin ihr schon ein paarmal begegnet«, sagte Mr. Peggotty nachdenklich. »Sie scheint wie ein Schatten an meiner Familie zu haften. Aber ich weiß nicht, was es zu bedeuten hat.«
»Ich glaube, sie ist ein armer Mensch. Arm an Besitz, aber auch arm an Lebensfreude.«
Mr. Peggotty nickte nur, stand auf und tat

etwas, was wie ein Ritual aussah ... so als ob er es immer tun würde, bevor er sein Zimmer verließ: Er rückte ein paar Blumentöpfe zurecht, ging zum Schrank, holte ein frisch gebügeltes Kleid, einen Hut und ein paar andere Kleidungsstücke hervor und hängte alles sorgsam über einen Stuhl.

Mir lief ein Schauer über den Rücken. Diese Liebe, diese Zuversicht des Fischers ... mußte Emily sie nicht auch in der Ferne spüren?

Wenig später waren wir in der tristesten, armseligsten Gegend von London. Hier stank es. Hier trieben sich nur die Aussätzigen, die Ärmsten der Armen herum. Hier, am Ufer der Themse, wurde auch in der Nacht in den hitzelodernden Schmiedewerken gearbeitet.

Und – als ob sie uns erwartet hätte – hier trafen wir tatsächlich Martha!

»Sie steht oft hier am Ufer und blickt sehnsüchtig in die wäßrige Tiefe ...« flüsterte Mr. Peggotty.

Ich überlegte nicht lang. Ich trat an Martha heran und faßte ihren Arm. Doch kaum hatte ich sie berührt, schrie sie auf, starrte mich an und fing an zu zittern. Nun kam auch Mr. Peggotty dazu.

»Kennen Sie diesen Mann?« fragte ich, und Martha nickte sofort bejahend.

»Wir brauchen Ihre Hilfe!« sagte ich und erkannte erst jetzt, wie abgemagert und zerlumpt die junge Frau war.

»Bitte helfen Sie mir, meine Nichte wiederzufinden!« flehte Mr. Peggotty. »Ich glaube, sie wird in diese Stadt kommen. Aber nicht zu mir ...«

Mit einem Mal war wieder alle Verzweiflung und Sorge in dem Gesicht des Fischers, und seltsamerweise schienen sich Marthas Züge dagegen etwas aufzuhellen.

»Ich will für Sie tun, was ich kann. Mehr bleibt mir nicht mehr in meinem Leben«, sagte diejenige, die schon in Yarmouth zu den Ausgestoßenen gehört hatte.

Mr. Peggotty und ich wechselten noch wenige Worte mit Martha, bevor sie im Nachtdunkel verschwand. Würden wir dieses Wesen noch jemals wiedersehen?

79

War es richtig gewesen, ihr meine Adresse und die des Fischers zu geben?

Tief in Gedanken versunken erreichte ich um Mitternacht mein Haus und stutzte: Die Gartentür bei meiner Tante nebenan stand offen, und ein schwacher Lichtschein fiel auf den Weg. Was tat Tante Betsy zu so später Stunde . . .?

Ich erschrak: Da stand ein Mann im Garten, hielt eine Flasche in der Hand, trank voller Hast . . . bückte sich, stopfte sich gierig etwas in den Mund . . . richtete sich wieder auf . . . Irgend jemand kam den Weg vom Haus entlang und blieb vor ihm stehen, reichte ihm etwas und sagte: »Mehr hab ich nicht. Du weißt, daß ich große Verluste hatte und inzwischen arm bin.«

Tante Betsy! Das war tatsächlich meine Tante. Und sie sprach mit einem Kerl, der einen reichlich heruntergekommenen Eindruck machte und der offenbar derjenige war, von dem mir schon vor geraumer Zeit Mr. Dick erzählt hatte und dem Tante Betsy damals in London den Inhalt ihrer Börse gegeben hatte.

Ich konnte nicht alles verstehen. Ich hörte nur, wie sich dieser Mann über das wenige Geld beschwerte und wie meine Tante antwortete: »Du hast mich genug gequält und mich um einen großen Teil meines Vermögens gebracht. Verschwinde jetzt und laß mich endlich in Frieden!«

Ich konnte mich nicht mehr versteckt halten. Ich trat aus dem Dunkel der Hecke, um meiner Tante zu Hilfe zu eilen. Doch im selben Augenblick hatte sich der Mann entschieden, das Weite zu suchen. Wir stießen fast gegeneinander, und dann, dann hatte ich sie in den Armen, meine völlig in Tränen aufgelöste Tante Betsy . . .

Es dauerte einige Zeit, bis die Gute fähig war, mir die Hintergründe dieses nächtlichen Besuchs aufzudecken:

»Das war mein Mann, Trot. Er erpreßt mich seit Jahren. Er ist ein Abenteurer, ein Spieler, ein Schwindler. Ich habe ihn einmal von Herzen geliebt. Aber nachdem wir uns getrennt haben, ist er zum Trinker

geworden, quält mich, ruiniert mich und hätte mich fast zu einer verbitterten Frau gemacht.«

Erst jetzt ging mir ein Licht auf. Mir wurde klar, warum Tante Betsy zuweilen so herb und unzugänglich gewesen war. Und um so mehr wußte ich fortan zu schätzen, was sie alles für mich getan hatte . . .

Wundert es, daß ich nach diesem nächtlichen Erlebnis noch kritischer mein eigenes Ehedasein betrachtete? War ich wirklich ein guter Ehemann? War Dora wirklich die richtige Frau für mich?

Irgendwas jedenfalls schien nicht zu stimmen bei uns. Mehr denn je ging es im Haushalt drunter und drüber. Nachdem mein erster Roman ein großer Erfolg geworden war, leisteten wir uns neben der Köchin einen Diener. Aber irgendwie schienen sich die beiden nicht zu verstehen. Wie sonst ist es zu erklären, daß, kaum hatten wir einmal Gäste und der Diener kam mit einem Tablett in den Salon, eine ganze Salve von Topfdeckeln und ähnlichen Wurfgeschossen aus der Küche hinter ihm herflog? Wie war es zu erklären, daß die Köchin den Milchmann regelmäßig mit unseren Kohlen versorgte, in aller Heimlichkeit ein Kind gebar und es auf unsere Kosten ernährte?

Oder warum plante der Bierlieferant, ausgerechnet bei uns einzubrechen?

Oder weshalb fehlten bei Dora regelmäßig Schmuckstücke, mit denen ich ihr meine große Liebe bekundet hatte?

»Wir stecken jeden an, der in unsere Nähe kommt«, erklärte ich meinem Gänschen. »Wir sind ihnen ein schlechtes Vorbild, weil wir selber mit dem Haushalt nicht klarkommen.«

Was für ein Ungeschick! Was für ein Fehler!

»Du meinst, wir hätten lieber nicht . . .« rief Dora und begann zu weinen.

Ich versuchte, sie zu beruhigen und zu trösten. Aber ich merkte auch, daß es nicht mehr so gelingen wollte wie in den ersten Monaten unserer Ehe. Und hiermit nicht genug: Dora begann auch noch zu kränkeln. Und niemand vermochte zu sagen, was ihr fehlte . . .

Wenn ich heute auf mein damaliges Leben zurückblicke, so sehe ich mich reichlich hilflos vor all diesen Problemen stehen. In meiner Not dachte ich meistens an Agnes, und ganz im geheimen überlegte ich, ob eine Ehe mit ihr ebenso schwierig geworden wäre. Ich sehnte mich nach mehr Klarheit und Festigkeit in mir selber. Nur beim Schreiben gelang es mir, ohne Wenn und Aber der zu sein, der ich sein wollte. Wer allerdings glaubt, ich hätte damals mit aller Konzentration an meinen Büchern arbeiten können, der irrt gehörig. Neue, aufregende Ereignisse standen unmittelbar bevor ...

Erst einmal war es ein Brief von Mr. Micawber, der mich beunruhigte. Er war voll seltsamer Andeutungen, und er versprach für die nahe Zukunft Enthüllungen, die niemand auch nur erahnen könne. Doch bevor ich dazu kam, Kontakt mit dem Mann aufzunehmen, dessen Leben ein einziges Auf und Ab war, geschah folgendes:

An einem Abend – es hatte gerade aufgehört zu regnen – ging ich in meinem Garten auf und ab, als hinter dem Zaun eine armselig gekleidete Gestalt auftauchte, die mir bekannt vorkam. Ich stutzte. Ich versuchte zu erkennen ... da winkte mich das Wesen zu sich nach draußen.

Martha! Es war Martha, die mich ganz aufgeregt bedrängte, sofort mit ihr nach London zu fahren.

Ich fragte nicht lange. Ich nahm die nächstbeste Kutsche, und binnen kurzer Zeit waren wir an einem Haus, in dem nur die Ärmsten der Armen leben.

»Hier ist sie!« flüsterte mir Martha zu. »Ihren Onkel habe ich auch bestellt. Er war nicht zu Hause. Aber ich habe ihm eine Nachricht hinterlassen.«

Ich wollte, ich konnte es nicht glauben: War Emily, die ich längst nicht mehr unter den Lebenden wähnte, tatsächlich hier in Marthas Unterschlupf? Martha führte mich durch das düstere und dreckige Stiegenhaus, und dann hielten wir beide inne: Eine Frau, die nicht gerade so gekleidet war, als ob sie in dieser Absteige wohnen würde, ging direkt vor uns die Treppe hinauf und verschwand gleich darauf in einem der Zimmer.

82

»Wer ist das?« flüsterte Martha. »Was macht die Frau in meiner Wohnung?«
»Ich glaube, ich kenne sie«, erwiderte ich, so leise ich konnte. »Sie heißt Miß Dartle.«
Martha nickte. Sie schien zu wissen, wer diese Frau war. Sie ergriff behutsam meine Hand und zog mich in eine dunkle Kammer.
Mein Herz klopfte. Ich war unbeschreiblich aufgeregt. Und dann kam der Moment, an den ich nicht mehr gewagt hatte zu glauben: Erst hörte ich ihre Stimme, und gleich darauf sah ich sie durch einen Türspalt leibhaftig: Emily! Die kleine, inzwischen erwachsene und so lange verschollene Emily!
Ich war von Glücksgefühlen durchflutet, und ich erspare hier meinen Lesern die bösen, unflätigen Worte, mit denen Miß Dartle Emily traktierte. Wie immer sie dieses Versteck gefunden hatte … es schien ihr die größte Lust zu bereiten, die ehemalige Geliebte des Mannes zu erniedrigen, den sie offenbar selber verehrte und auf dessen Zuneigung sie gehofft hatte …

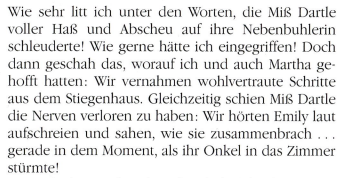

Wie sehr litt ich unter den Worten, die Miß Dartle voller Haß und Abscheu auf ihre Nebenbuhlerin schleuderte! Wie gerne hätte ich eingegriffen! Doch dann geschah das, worauf ich und auch Martha gehofft hatten: Wir vernahmen wohlvertraute Schritte aus dem Stiegenhaus. Gleichzeitig schien Miß Dartle die Nerven verloren zu haben: Wir hörten Emily laut aufschreien und sahen, wie sie zusammenbrach … gerade in dem Moment, als ihr Onkel in das Zimmer stürmte!
Muß ich die Wiedersehensfreude beschreiben? Muß ich erzählen, wie betreten die gehässige Miß Dartle war, während sich Mr. Peggotty voller Herzlichkeit bei der Person bedankte, die tatsächlich seine Nichte gefunden hatte?
Miß Dartle schien wie vom Blitz getroffen. Sie starrte Mr. Peggotty an. Sie blickte auf die wie ein Häufchen Elend am Boden liegende Emily hinab. Dann ergriff sie die Flucht, während der Fischer niederkniete und voller Zärtlichkeit das Wesen, das er sein Kind nannte, an sich zog und streichelte …
»Ich möchte jetzt nicht stören«, flüsterte ich Martha zu und verließ die Kammer.
Selten in meinem Leben war ich so ergriffen gewesen. Aber was mußte erst im Herzen von Mr. Peggotty vorgehen?
Ein wenig davon erfuhr ich an einem der nächsten Tage. Der Fischer besuchte mich, um sich für meine Hilfe zu bedanken:
»Es ist alles wie ein Wunder, mein lieber David. Daß es ausgerechnet Martha war, mit der Emily nach diesen grauenvollen Jahren zusammentraf! Ich kann es immer noch nicht fassen.«
»Wie geht es Emily?« wollte ich wissen.
»Sie ist auf dem Wege der Besserung. Das Vertrauen zu mir hat sie wiedergefunden. Aber sie wird lange brauchen, bis sie wieder ganz bei sich ist.«
»Will sie nach Yarmouth zurück?«
»Nein, keinesfalls!« erwiderte Mr. Peggotty. »Ich glaube, sie muß weit weg von hier ein neues Leben anfangen. Erst dann kann sie Ham unter die Augen treten.«

Die schrecklichen Ereignisse
überschlagen sich!

Es gibt Zeiten im Leben, da scheint das Schicksal einen prüfen zu wollen, wieviel Schweres und Trauriges man zu verkraften vermag. Wie gerne hätte ich damals das Glück genossen, das Mr. Peggotty und Emily erleben durften! Aber ich war von Geschehnissen bedrängt, die mir kaum Zeit zu Muße und Durchatmen ließen. Dora, die sonst immer so fröhliche Dora, wurde und wurde nicht gesund. Die Ärzte rätselten vergeblich über die Art ihrer Erkrankung. Und zu allem Überfluß konnte nicht einmal Jip meiner kleinen Frau Trost spenden: auch er war müde und krank, und seine Tage schienen gezählt.

Eine andere Last trug ich still in meinem Herzen: Wo war James Steerforth? Ein dumpfes, aber untrügliches Gefühl sagte mir, er würde demnächst auftauchen. Es konnte nur eine Katastrophe werden – davon war ich überzeugt.

Nur mühsam fand ich die Konzentration, um an meinem nächsten Roman weiterzuschreiben. Aber auch diese Arbeit wurde schon bald unterbrochen: Mr. Micawber hatte sich erneut an mich gewandt und mir mitgeteilt, ich müsse zu einem ganz bestimmten Zeitpunkt zu einem außerordentlich bedeutsamen Treffen in Canterbury erscheinen.

Es stellte sich heraus, daß außer mir auch meine Tante, der gute Mr. Dick und Traddles vorgeladen waren.

Wir waren alle in das Büro »Wickfield & Heep« bestellt und hatten die dringliche Order, unter allen Umständen als Überraschungsbesuch dort aufzutauchen.

»Ich genieße es, mit Ihnen auf Reisen zu sein«, erklärte mir Mr. Dick strahlend, als wir Canterbury erreichten. »Dafür lasse ich gerne auch mal für ein paar Stunden meine Denkschrift ruhen.«

Ich war nicht der einzige, der schmunzeln mußte. Wenig später aber sollte uns allen schlagartig die gute Laune vergehen:

Kaum nämlich hatte uns Mr. Micawber herzlich die Hände geschüttelt, erschien das Ungeheuer höchstpersönlich!

»Welche Überraschung, eine so große und nette Gesellschaft begrüßen zu dürfen!« schlängelte sich Uriah Heep mit heuchlerischem Charme von einem zum anderen.

Gleich darauf tauchten auch Agnes und Mrs. Heep auf, und dies schien der Moment zu sein, auf den Mr. Micawber gewartet hatte:

»Verehrte Anwesende!« sagte er in feierlichem Ton. »Ich habe Veranlassung, mich vor Ihnen allen als Mittäter des rothaarigen Schuftes dort drüben zu offenbaren!«

Uriah Heep, der sich wie eine unberechenbare Giftschlange in den Hintergrund des Raumes zurückgezogen hatte, erstarrte. Für einen Augenblick sah es so aus, als ob er sich noch einmal aufbäumen wollte, als ob er mit all seinem Gift den töten wollte, der jetzt sagte, was ich längst befürchtet, was ich längst geahnt hatte:

»Dieses üble Wesen ist die mieseste Kreatur, die je über Gottes Erdboden gekrochen ist. Er hat seinen Gönner Mr. Wickfield schamlos ausgenutzt und fast ins Grab gebracht. Er hat dessen treue und fürsorgliche Tochter erpreßt und bedroht. Und er hat auch mich fast, aber nur fast in seine Niederungen gezogen!«

Und dann zählte Mr. Micawber Betrug für Betrug auf, zerrte Papiere und Akten hervor, in denen er die Unterschlagungen, die gefälschten Unterschriften und alle anderen Betrügereien Heeps Punkt für Punkt nachwies.

Es ist unmöglich, unsere Verblüffung in Worte zu fassen. Niemand konnte reagieren, als sich die beiden Heeps aus dem Staube machten. Keiner vermochte das ganze Ausmaß des Betruges zu begreifen, den Mr. Micawber hier mit so unbeschreiblich großem Mut enthüllt hatte. Ich weiß nur noch, wie ich wortlos Tante Betsys Hand ergriff. Gerade nämlich hatte ich erfahren, wie der andere Teil ihres Besitzes verlorengegangen war: Auch sie hatte ihr Kapital zu treuen Händen Mr. Wickfield gegeben – nicht ahnend, welch gierige Bestie sich darauf stürzen und es in dunklen Kanälen verschwinden lassen würde.
Und Agnes? Sie vermochte noch gar nicht zu fassen, daß ihre Qualen und die ihres kranken Vaters mit einem Mal zu Ende sein sollten. Wir sahen uns an und fanden keine Worte für das, was uns verband. Wäre nicht die Krankheit von Dora gewesen ... ich glaube, ich hätte erst einmal ein großes Fest mit ihr und den anderen veranstaltet.

Statt dessen nahte neues Unheil. Daß es ausgerechnet in Yarmouth passieren sollte, ist eine merkwürdige schicksalhafte Fügung. Daß dabei zwei Menschen betroffen waren, die schon vorher auf tragische Weise miteinander verknüpft waren – dies läßt mich auch heute noch schaudern.
Ich fasse mich kurz: Nachdem Emily auf so wunder-

same und glückliche Weise nach England zurückgekehrt war, hatte Mr. Peggotty einen sensationellen Plan gefaßt. Er wollte Emily einen neuen Anfang ermöglichen und mit ihr nach Australien auswandern. Einer, der von dieser Idee nicht begeistert sein konnte, war Ham. Er lebte nach wie vor zurückgezogen in dem kleinen Küstenort und hatte sein Auskommen als Fischer.

»Bitte, Trot«, sagte mir Emiliy eines Tages, nachdem sie sich von ihren Strapazen einigermaßen erholt hatte, »bring Ham diesen Brief. Du bist der einzige, der ihm erklären kann, warum ich diesen Irrweg gegangen bin.«

Selbstverständlich willigte ich ein ... doch welche Katastrophe erwartete mich!

Es war schon stürmisch, als ich mit der Kutsche zur Küste fuhr. Kaum hatte ich Yarmouth erreicht, begann ein Unwetter, wie ich es noch nie erlebt hatte. Ein Orkan peitschte das Meer zu haushohen Wellen auf. Man mußte Angst um die Deiche haben und konnte nur hoffen, daß niemand auf See gegen diese Urgewalten ankämpfen mußte!

Doch genau dies war der Fall:

»Ein Schiff mit gebrochenem Mast! Es wird kentern!« ging es wie ein Lauffeuer durch den Ort.

Mich erfaßte ein sonderbares Gefühl. Wie von einem Sog angezogen, rannte ich gegen Sturm und Regen an in Richtung Strand.

»Sie haben keine Chance!« – »Sie werden ertrinken!« hörte ich die Männer aus Yarmouth schreien.

In der Tat lief vor vieler Augen ein grausames Schauspiel ab: In nächster Nähe der Küste wurde ein Schiff wie ein Ball von den Wellen immer näher ans Ufer geworfen. Ein Mast war gebrochen, die Segel zerrissen, und mit bloßen Augen konnte man Männer erkennen, die größte Mühe hatten, irgendwo an Deck Halt zu finden.

»Wir müssen sie retten!« hörte ich eine wohlbekannte Stimme in der Nähe, und gleich darauf sah ich, wie sich Ham bereit machte, um sich in die Fluten zu stürzen.

Ich rief nach ihm. Ich wollte ihn zurückhalten. Das Unruhegefühl, das ich schon den ganzen Tag hatte, steigerte sich noch, und ich ahnte, ja, ich wußte, daß es ein großes Unglück geben würde ...

Noch heute kann ich es nicht fassen: Auf dem Schiff, das zu unser aller Entsetzen bald kenterte, war James Steerforth! Und ausgerechnet der Mensch, dem mein ehemaliger Freund solches Leid angetan hatte, machte den Versuch, ihn und die Besatzung zu retten. Vergeblich! Ich sah nicht nur Steerforth' Leiche. Ich sah auch Hams Leiche. Und ich wußte, daß es nicht der letzte Schock war, den ich zu verkraften hatte ...

Ich kehrte nach London zurück. Statt Emily eine versöhnliche Nachricht von Ham zu überbringen, mußte ich ihr und Mr. Peggotty von dem schrecklichen Drama berichten, dessen Augenzeuge ich geworden war.
»Ein Grund mehr, dieses Land so schnell wie möglich zu verlassen!« erklärte der Fischer. »Wie sollen wir je wieder glücklich in Yarmouth werden! Vielleicht können wir im fernen Australien einen neuen Anfang machen.«
Als ich Mr. Micawber von Mr. Peggottys Plänen erzählte, war er aufgeregt wie ein kleiner Junge:

»Das ist eine grandiose Idee! Das wäre auch für einen Micawber, dessen Qualitäten hier in England niemand richtig erkennen will, eine Riesenchance. Wenn meine Frau einverstanden ist, werde ich mich mit meiner Familie einschiffen und über alle Ozeane verkünden: ›Australien, wir kommen!‹«
Und dann kam der Tag, der mir noch heute in frischester Erinnerung ist. Obwohl es Dora gerade sehr schlecht ging, machte ich mich für einige Stunden frei, um gleichzeitig von vielen Menschen, die in meinem Leben eine große Rolle gespielt hatten, Abschied zu nehmen. Zusammen mit Peggotty und

Traddles fuhr ich zum Hafen und begleitete die Auswanderer an Bord.
Unbeschreiblich, welcher Trubel herrschte.
Die Passagiere – allen voran Familie Micawber – waren mit Sack und Pack in den merkwürdigsten Kleidungsstücken erschienen. Letzte Ratschläge wurden gegeben, Tränen flossen, und auch ich war von Rührung erfaßt. Ich wünschte Mr. Peggotty, Emily und der alten Mrs. Gummidge das Beste für ihr neues Leben und umarmte sie herzlich.
»Und Martha«, fragte ich dann den Fischer, »habt ihr auch von ihr Abschied genommen?«

Mr. Peggotty zog mich ein paar Schritte beiseite und wies auf eine schwarz gekleidete Person, die sich schüchtern im Hintergrund hielt:
»Wir nehmen sie mit uns«, erklärte der Fischer, und ich sah ein letztes Mal in seine sympathischen warmen Augen.
Wenig später standen Traddles, Peggotty und ich am Kai und winkten. Ich wußte, daß es mehr war als eine Trennung von lieben Menschen. Es war auch ein Abschied von einem Lebensabschnitt, in dem ich viele schöne und nicht weniger schwierige Erlebnisse gehabt hatte.
Das Schlimmste aber, das Traurigste stand mir unmittelbar bevor: Dora wollte und wollte nicht auf die Beine kommen. Sie lag blaß und schwach in ihrem Zimmer und sprach mir, ja, mir, Mut zu:
»Doady-Lieber, es wird schon alles besser werden für dich.«
Tag und Nacht wachte Tante Betsy am Bett meiner kleinen Frau, und auch sie, die so viel Lebenserfahrung hatte, wußte keinen Rat.
Eines Tages kam ich in das abgedunkelte Zimmer, und Dora überraschte mich mit einem heiteren Lächeln: »Doady-Schatz«, sagte sie mit schwacher Stimme, »ich habe eine große Bitte: Kannst du Agnes eine Botschaft schicken und sie fragen, ob sie mich besuchen will?«
Natürlich erfüllte ich umgehend Doras Wunsch, denn ich war für jede Kleinigkeit dankbar, die ihr Leiden ein wenig lindern konnte.
Agnes erschien gleich am nächsten Tag. Ich hörte sie unten mit meiner Tante sprechen, als ich gerade an Doras Bett weilte.
Meine kleine Frau begann zu weinen: »Ich fürchte, mein Lieber, ich war noch zu jung. Bitte schick mir Agnes. Ich möchte sie allein sprechen.«
Ich bleibe. Ich kann Dora nicht verlassen.
»Bitte, Doady! Es ist besser so«, sind die letzten Worte, die ich von ihr höre.
Nach einer halben Stunde kommt Agnes von Dora zurück. Sie sagt kein Wort, und ich schweige auch. Ich blicke sie nur an und weiß, was geschehen ist.

Zurück ins Leben

Ich kann kaum beschreiben, wie schmerzvoll der Verlust von Dora war. Ich wußte nichts anderes zu tun, als England so schnell wie möglich zu verlassen. Wie in Trance fuhr ich durch die schönsten Gegenden, doch ich hatte kaum ein Auge dafür. Und je weiter ich mich von meinem Zuhause entfernte, um so mehr kam mir mein Elend und meine Einsamkeit zu Bewußtsein.

Ich ließ mich von Ort zu Ort treiben, mietete mich hier und dort ein und wurde immer trauriger. Tag und Nacht war ich von Erinnerungsbildern umgeben, durchlebte all die Freuden, die ich mit Dora geteilt hatte, die Streitigkeiten und Mißverständnisse, die es zwischen ihr und mir gegeben hatte, und bereute so manches, was ich gedacht oder gar gesagt hatte . . .

Schließlich, nach Monaten der Irrfahrten, landete ich in einem kleinen Dorf in der Schweiz, dessen Adresse ich in London hinterlassen hatte. Hier, im Angesicht von Bergriesen, Wasserfällen, Schnee- und Eiswüsten kam ich endlich etwas zur Ruhe und konnte mich ausweinen.

Es kam mir schon wie Jahre vor, die ich allein mit mir verbracht hatte - da, eines Morgens, überreichte man mir in meinem Gasthof ein Päckchen. Ich war sehr überrascht. Ich riß es auf . . . und bekam Herzklopfen: Vor mir lag ein kleiner Stapel von Briefen mit der Handschrift von Agnes!

Welche Freude! Welche Stärkung!

Mit den liebsten Worten versuchte Agnes, mir Kraft zu geben und Mut zu machen für die Zukunft. Sie erinnerte mich an meine Erfolge als Schriftsteller, mahnte mich, nicht das Arbeiten zu vergessen, und versicherte mir, mich wie eine Schwester zu lieben . . .

Wieder und wieder las ich die Briefe, und was ich schon nicht mehr für möglich gehalten hatte, geschah: Ich fand zu etwas mehr Lebenswillen zurück. Ich begann wieder zu schreiben. Und nach drei Monaten fühlte ich mich gestärkt genug, um nach England zurückzukehren.

Es war eine seltsame Heimkehr. Viele Menschen, mit denen ich mich verbunden fühlte, wohnten nicht mehr in London oder waren tot. Meine liebe Tante war zurück nach Dover und lebte jetzt nicht nur mit dem guten Mr. Dick zusammen, sondern auch mit Peggotty, die ihr den Haushalt führte.

Sollte ich Agnes besuchen?

Ein unerklärbares Gefühl hielt mich zurück, und ich beschloß, erst einmal meinen Freund Traddles aufzusuchen. Nach vielem Herumfragen konnte ich ihn ausfindig machen. Er hatte nicht nur als Advokat eine Adresse im Gerichtshof - er war inzwischen auch mit seiner Sophy verheiratet und war so glücklich, wie ich es vielleicht noch nie gewesen war.

»Erinnerst du dich an unseren Schuldirektor, den alten Creakle?« fragte mich Traddles nach einer ausführlichen Begrüßungsfeier. »Ich habe ihn vor kurzem getroffen. Er ist jetzt Friedensrichter und hat das Gefängnis von Middlesex unter sich. Ich bin mit ihm für morgen verabredet.«

Ich weiß nicht, warum ich ausgerechnet ein Gefängnis besichtigen sollte. Mir ist auch nicht klar, warum uns gerade die Zelle Nummer siebenundzwanzig gezeigt wurde . . . Aber wie so oft schon in meinem Leben wurde ich vom Schicksal oder von den Sternen an Stellen geführt, an denen sich Menschen aufhielten, die ich nie und nimmer dort vermutete . . . Dieses Mal jedoch war es kein Mensch. Es war vielmehr eine schleimende, kriechende, zischelnde Schlange. Eine Kreatur, der ich, der Gefängnisse zutiefst verabscheut, diesen Aufenthalt hinter Gittern von Herzen gönnte.

»Dieses Scheusal wollte eine Frau zur Liebe zwingen, die mir mehr als jede andere ans Herz gewachsen ist«, erklärte ich Traddles und war froh, alsbald wieder im Freien zu sein.

Die Wiederbegegnung mit Uriah Heep war eines der scheußlichsten Erlebnisse, das ich je gehabt hatte. Lange grübelte ich, was mich diesen Menschen so hassen ließ. Schließlich, nach langem Nachsinnen, schien es mir klarzuwerden: Agnes, sie war der eigentliche Grund!

Dieser Kerl, mit dem man eigentlich nur Mitleid haben konnte, hatte sich erdreistet, sich mit den übelsten Machenschaften nicht nur mit Geld zu bereichern, sondern auch einem Menschen zu nahe zu treten, den ich . . . den ich liebte!

Ja, es war passiert. Ich konnte meine Gefühle nicht mehr verbergen. Ich sah Agnes vor mir, wie ich ihr das erste Mal bei Mr. Wickfield begegnet war. Plötzlich stellte es sich wieder ein . . . das Prickeln und das Herzklopfen, das man vielleicht nur bei einem einzigen Menschen so intensiv erlebt.

Du bist ein Idiot, Trotwood! Du bist an deinem Glück vorbeigerannt, David Copperfield! Warum hast du ihr nicht damals deine Liebe gestanden? Warum?

Mit einem Mal waren auch all die Gespräche da, die lieben Blicke von Agnes, ihr großes Verständnis für mich . . .

Du hast die Frau zu deiner Schwester gemacht, die vielleicht deine geliebte Ehefrau hätte werden können, Davy!

Und du hast statt dessen eine Frau geheiratet, die noch ein Kind war und die du immer wie ein Kind behandelt hast, Doady!

Ich war verzweifelt. Ich war fast bereit, erneut aus England zu fliehen.

In meiner Not suchte ich den Menschen auf, der mir oft genug Stütze und Hilfe im Leben gewesen war und der gewiß die beste Menschenkenntnis weit und breit besaß.

»Meinst du, ich könnte Agnes meine Liebe gestehen?« fragte ich Tante Betsy mit klopfendem Herzen.

»Gewiß, mein lieber Trotwood«, bekam ich zur Antwort. »Ich fürchte nur, es ist zu spät.«

Mir stockte der Atem. Ich spürte, wie mir schlagartig Hände und Füße kalt wurden.

»Meinst du, sie hat einen anderen?«

Meine Tante nickte.

»Trotzdem solltest du mit ihr reden. Sie ist der Mensch, der dir immer am nächsten stand. Damals, als du mir die kleine Dora vorstelltest, da wußte ich bereits . . .«

»Sprich nicht weiter, bitte!« unterbrach ich meine Tante und beschloß, umgehend nach Canterbury zu fahren.

Als ich am nächsten Tag vor dem Haus stand, hatte ich lange nicht den Mut, den Türknopf zu bedienen. Zwar wußte ich, daß mir hier keine Mrs. Heep und auch kein Uriah Heep begegnen konnte. Aber wer weiß, wer derweil hier eingezogen war?

Was ist nur los mit dir, David? Nun bist du ein erwachsener Mann und ein berühmter noch dazu, und du traust dich nicht einmal deine »Schwester« zu besuchen . . .

Ich nahm all meinen Mut zusammen, und wenige Minuten später stand ich mit Herzklopfen vor ihr.

»O Trotwood!«

»O Agnes!«

Wir sahen uns an. Wir umarmten uns innig. Unmöglich zu berichten, was wir uns alles zu sagen hatten. Unmöglich zu beschreiben, mit welchen Wohlgefühlen ich neben Agnes saß.

Irgendwann erschien ihr Vater, und wir begrüßten uns aufs herzlichste.

Agnes, ich muß dir etwas gestehen! Agnes, ich möchte . . .

Ich schaffte es nicht. Mich verließ jedesmal der Mut, wenn ich zu meinem Geständnis ansetzen wollte. Es klingt vielleicht kindisch: Ich mußte mindestens noch zehnmal nach Canterbury fahren, bis ich die Worte über meine Lippen brachte. Dafür mußte ich aber nur ein einziges Mal mit Agnes nach Dover fahren, um zu verkünden:

»Wir werden heiraten!«

Vierzehn Tage später schon standen Agnes und ich vor dem Traualtar und gaben uns das Jawort.
Wie konnte es noch zu diesem Glück kommen? fragte ich mich insgeheim und bekam eine höchst überraschende Antwort:
»Bester Mann«, sagte Agnes zu mir. »Jetzt, wo ich dir diesen Namen geben darf, muß ich dir noch etwas gestehen.«
»Was ist es, meine Liebe?«
»Damals, als Dora mich zu sich rufen ließ, kurz bevor sie starb, hat sie mir ein Vermächtnis, eine Bitte hinterlassen.«
»Und welche?«
»Daß nur ich an ihre Stelle treten soll.«
Nach diesen Worten legte Agnes ihren Kopf an meine Brust und weinte, und ich konnte nichts anderes tun, als mit ihr zu weinen . . .
Seit diesem denkwürdigen Tag sind viele Jahre vergangen. Agnes und ich sind nicht nur ein glückliches Paar, nein: Wir sind eine richtig bunte und muntere Familie geworden! Wir haben es zwar nicht zu zwölf Kindern gebracht wie Tommy Traddles und seine Sophy, aber immerhin sorgen auch bei uns zwei Jungen und zwei Mädchen für einiges Tohuwabohu.
Wie soll ich je in einem solchen Tollhaus meinen nächsten Roman fertigbekommen? fragte ich mich fast jeden Tag.
Glücklicherweise gibt es da noch ein paar liebe Menschen, die uns zur Seite stehen: Entweder besucht uns die gute alte Peggotty und liest den Kindern aus meinem inzwischen ziemlich zerfledderten Krokodilbuch vor. Oder Tante Betsy lädt die ganze Bande zu sich nach Dover ein und bittet – na, wen wohl? – Mr. Dick, mit den Kindern Drachensteigen zu gehen.
Was ist aus der Denkschrift geworden? möchte vielleicht manch einer wissen.
»Ich denke, ich werde sie bald fertig haben«, erklärt mir Mr. Dick jedesmal mit seinen treuen Augen. Und dann klopfe ich ihm auf die Schulter und versichere ihm, daß auch ich mit meinem Geschreibe nicht immer so vorankomme, wie ich es mir vorgenommen habe.
Ein Ereignis sollte ich noch unbedingt erzählen, bevor ich mit diesem Buch fertig bin: Eines Tages – ich versuchte mich wieder einmal einigermaßen vergeblich auf das Schreiben zu konzentrieren – klopft meine geliebte Agnes ganz höflich an die Tür und ruft: »Trot, hier ist Besuch für dich!«
Ich traue meinen Augen nicht: So, als ob er eben mal aus Yarmouth kommen würde, steht Mr. Peggotty im Türrahmen!
»Hallo, Master Copperfield!« ruft er mir herzlich zu.
»Ich soll Ihnen viele liebe Grüße aus Australien vorbeibringen.«
Und dann erzählt er mir strahlend von Familie Micawber, von Mrs. Gummidge, Martha und Emily, die allesamt glücklich und zufrieden auf dem fernen Kontinent leben.
»Und Sie, Master Copperfield?« fragt er grinsend, und ich kann nichts Schöneres sagen als: »Mir geht es bestens, Mr. Peggotty.«

Die Deutsche Bibliothek — CIP-Einheitsaufnahme

David Copperfield /nacherzählt von Dirk Walbrecker.
Ill. von Doris Eisenburger. — Wien; München: Betz, 1994
(Bibliothek der Kinderklassiker)
ISBN 3-219-10582-3
NE: Walbrecker, Dirk; Eisenburger, Doris;
Dickens Charles: David Copperfield

B 646/1
Alle Rechte vorbehalten
Umschlag, Illustrationen und Layout von Doris Eisenburger
Copyright © 1994 by Annette Betz Verlag im Verlag Carl Ueberreuter,
Wien — München
Printed in Slowenia
1 3 5 7 6 4 2